Charlotte Lennox

The Female Quixote

L'auteur

Anne Rouhette est professeur de littérature britannique à l'Université Clermont Auvergne.

La collection *Clefs-concours Anglais - Littérature* est dirigée par **Élisabeth Soubrenie**.

Direction scientifique des *Clefs-concours :* **Philippe Lemarchand**.

Édition et mise en page : Diane Philips.

ISBN : 978-2-35030-921-7

CLEFS-CONCOURS ANGLAIS - LITTÉRATURE

Anne Rouhette

Charlotte Lennox

The Female Quixote

Atlande

SOMMAIRE

SYNTHÈSES ET PERSPECTIVES

OUTILS

NOTICE

Un système de circulation entre fiches est proposé en cours de texte. Exemple : (v. Repères).

Les renvois à la bibliographie sont indiqués entre crochets. Par exemple, [SMOLLETT, 2008] renvoie à l'ouvrage de Tobias Smollett de 2008 cité dans la bibliographie. Les références bibliographiques citées en cours de texte sont des références annexes ne figurant pas dans la bibliographie.

L'* placé après un mot signale que ce mot figure dans le glossaire.

PRÉAMBULE : CONSEILS PRATIQUES

Remarques sur la prononciation

Nous conseillons vivement aux candidats à l'oral d'adopter pour le titre du roman de Lennox la prononciation 'kwiksət ou éventuellement ˈkwɪksəʊt. S'ils souhaitent faire référence spécifiquement au héros ou au roman de Cervantès, il est tout à fait possible d'opter pour la prononciation à l'espagnole.

Attention également à la prononciation des mots suivants :

- *quixotic* : kwi'ksɒtɪk
- *quixotism* : 'kwiksətɪz(ə)m

Que faire des noms français ?

Arabella appelle les héros et les héroïnes de Mlle de Scudéry et de La Calprenède par leurs noms anglicisés. Dans une dissertation en français ou pour un entretien en français (agrégation externe), les candidats peuvent conserver ces noms (Clelia, Mandana, Artamenes...) ou bien citer les versions d'origine (Clélie, Mandane, Artamène...), à condition d'être cohérents : une fois le choix fait, il convient de s'y tenir. La première solution a été suivie dans cet ouvrage. Dans une dissertation en anglais (agrégation interne), un commentaire de texte ou un entretien en anglais (agrégations interne et externe), il paraît logique d'employer les noms qui figurent dans le texte de Lennox et de ne pas les franciser.

Conventions typographiques

Les majuscules : les substantifs dans *The Female Quixote* commencent par une majuscule ; c'est aussi le cas de quelques autres termes comme l'adjectif "divine", de façon non systématique. Il ne faut y voir aucune mise en valeur particulière, c'est normal pour un texte de 1752. Pour les citations dans une dissertation en français, ou pour citer des extraits dans un commentaire écrit, il est conseillé aux candidats de conserver ces majuscules, sans que ce soit obligatoire ;

il suffit de recopier le texte source pour un commentaire, et de se souvenir que cela ne concerne que les substantifs (ou presque) en dissertation.

Attention cependant: les titres (nobiliaires et autres) en français s'écrivent sans majuscule. Ex: "the Countess" et "Sir George" dans un texte en anglais, mais "la comtesse" et "sir George" dans un texte en français.

Les italiques: les anthroponymes (noms de personnes) et les toponymes (noms de lieux) chez Lennox sont écrits en italiques, qu'il est inutile de conserver dans des copies.

Terminologie: *romance* et *novel*

Si les candidats ont une certaine liberté en ce qui concerne les termes ou les expressions à choisir pour désigner ces deux termes clefs pour le roman de Lennox dans une dissertation ou dans l'entretien en français qui suit la leçon à l'oral (agrégation externe), ils doivent absolument marquer clairement la différence entre les deux et ne laisser aucune ambiguïté*, pour des raisons qui seront détaillées plus loin (v. Repères). Pour *romance*, lorsqu'il est fait spécifiquement référence à Scudéry et à La Calprenède, il est recommandé de parler de romans précieux ou de romans héroïques. S'il s'agit du terme plus général que les Anglais opposent à *novel*, il convient à l'écrit de le mettre entre guillemets ou de le souligner, et, à l'oral, de le prononcer à l'anglaise. Pour *novel*, les candidats pourront choisir à l'écrit soit de mettre le terme entre guillemets ou souligné, soit d'utiliser le mot français "roman" ou l'expression "nouveau roman". Dans cet ouvrage, *romance* et *novel* apparaîtront en italiques, ce qui correspond au soulignement dans une copie manuscrite. La question ne se pose bien sûr pas pour les épreuves en anglais, où *romance* et *novel* peuvent être utilisés tels quels.

L'anglais du XVIIIe siècle

L'anglais de Lennox peut poser quelques difficultés de compréhension, dans la mesure où le sens de nombreux mots a évolué entre 1752 et aujourd'hui ; ou bien parce que d'autres mots ne sont plus usités. Il ne faut pas hésiter à consulter le dictionnaire de Samuel Johnson, grand homme de lettres auteur, entre autres, du premier dictionnaire moderne de la langue anglaise (1755 et 1773), pour lever toute ambiguïté. Celui-ci est disponible en ligne sur https://johnsonsdictionaryonline.com/views/search.php. Johnson, qui était par ailleurs ami de Lennox, illustre ici ou là le sens d'un terme par une citation de *The Female Quixote* ; c'est par exemple le cas du substantif *visionary*.

Les références au roman de Lennox, indiquées entre parenthèses dans le texte, sont toutes tirées de l'édition au programme.

INTRODUCTION : HISTOIRE ET HISTOIRE

Lors de sa première rencontre avec Arabella, dans le livre II de *The Female Quixote*, sir Charles entend avec stupéfaction celle-ci comparer le chagrin qu'elle éprouve au décès de son père à celui manifesté de manière plus spectaculaire par une certaine Sysigambis et un dénommé Menecrates, dont la vie semble bien connue de sa nièce : "I am very well acquainted with their History", déclare-t-elle (p. 79). Sir Charles s'interroge aussitôt sur la valeur de ce dernier terme et compare ce qu'Arabella prend pour des anecdotes historiquement prouvées à des contes de fées, avant d'enjoindre à sa nièce de ne pas prêter foi à pareilles absurdités :

> Oh ! Oh ! their History ! interrupted the Knight ! What, I warrant you, they are to be found in the Fairy Tales, and those sort of Books ! […] a young Lady of your fine Sense […] should not be so fond of such ridiculous Nonsense as these Story-Books are filled with. (p. 79)

L'oncle d'Arabella s'appuie sur deux substitutions lexicales, passant d'une part de *sense* à *nonsense* et remplaçant d'autre part par *story* le *history* de la jeune fille, qu'il ridiculise à grands coups d'interjections ("Oh ! Oh !") afin de souligner le caractère improbable de ce qu'elle avance et de lui dénier précisément toute valeur historique. Les deux termes sont bien sûr liés étymologiquement, mais, si *story*, dérivé de *history*, est utilisé dans un sens purement fictionnel depuis le XVᵉ siècle, l'acception de *history* en anglais à l'époque de Charlotte Lennox, et bien après encore, est plus vaste et correspond à celle d'"histoire" en français : *history* peut renvoyer aussi bien à des relations d'événements qui se sont réellement déroulés dans le passé qu'à des récits imaginaires. Il s'emploie en particulier dans un cadre biographique, comme ici ; lorsque, à plusieurs reprises, Arabella évoque son histoire et la manière dont il convient de la raconter, c'est de sa vie qu'elle parle. En reprenant sa nièce dans le choix de ses mots, sir Charles, qui à ce stade du roman est devenu son tuteur, apparaît pleinement comme figure paternelle et patriarcale d'autorité, en droit mais aussi sur le plan linguistique : il est celui qui dit le sens et qui tire *history* vers sa signification historique, qu'il refuse à Arabella.

Or toute l'ambiguïté du substantif apparaît à la page suivante, lorsque sir Charles insiste : "these are all very improbable Tales. I remember, when I was a Boy, I was very fond of reading the History of *Jack the Giant Killer*, and *Tom Thumb*; and these Stories [...] filled my Head [...]" (p. 80). S'il compare de nouveau les affirmations d'Arabella à des *stories*, c'est-à-dire ici encore à des contes pour enfants, la distinction qu'il établissait si clairement entre récit authentique et récit fictionnel se voit quelque peu brouillée par son emploi du mot *history*, auquel il semble comme contraint de revenir après avoir corrigé le langage de sa nièce. Le départ entre réalité historique et œuvre d'imagination ne se fait pas aussi facilement que sa première intervention le laissait entendre : une "histoire" se cache peut-être derrière une autre.

Ce court passage articule l'ensemble des enjeux que travaille le deuxième roman de Charlotte Lennox, qu'il s'agisse de questions genrées, linguistiques ou proprement littéraires. L'entrecroisement des sens de *history* contribue en effet à la réflexion sur le rapport entre vérité et fiction en littérature, réflexion fondamentale pour comprendre l'évolution de la prose fictionnelle à l'époque de Lennox, dont elle rend compte avec beaucoup d'humour dans *The Female Quixote*. En effet, son sir Charles ne fait ici que résumer une position communément admise au milieu du XVIIIe siècle : le mépris par lequel il traite les lectures d'Arabella, associées à l'enfance, correspond en termes littéraires à celui dont les grands romanciers contemporains de Lennox faisaient preuve envers la *romance*, forme romanesque qui avait précédé celles qu'ils étaient en train d'imposer et qui reste connue sous le nom de *novel*. La confusion qui se fait jour finalement sur le sens de *history* témoigne de la difficulté qu'il peut y avoir à tirer résolument un trait sur l'une pour louer le second, et cela malgré le renoncement final d'Arabella à la *romance* et son mariage dans une fin souvent peu appréciée par la critique. Derrière la polysémie* du terme se laisse entrevoir la complexité de l'héroïne, dont l'identité féminine, mimétique* et plus instable qu'il n'y paraît, fait écho à celle de la forme fictionnelle dans laquelle elle figure. L'ouvrage présent vise à donner aux candidats des pistes pour étudier un roman qui aborde frontalement et explicitement des interrogations communes à toute œuvre littéraire, sur notre rapport au langage et à la lecture, ainsi que sur notre façon d'interpréter ce que nous lisons et de nous l'approprier.

REPÈRES : *THE FEMALE QUIXOTE* DANS SON CONTEXTE

L'humour et la diégèse* même de *The Female Quixote* reposent en grande partie sur le contraste qui éclate, à chaque page ou presque, entre les conceptions d'Arabella et celles des autres personnages et des lecteurs de son temps. Ce contraste se déploie en premier lieu dans le domaine littéraire, comme le laisse entendre le titre qui se revendique ouvertement du chef-d'œuvre de Cervantès, considéré comme l'un des ancêtres du roman moderne. C'est pourquoi cette partie s'intéressera en priorité au contexte littéraire et philosophique dans lequel s'insère le roman de Lennox, et en particulier à l'opposition entre *romance* et *novel* que les candidats doivent bien connaître pour pouvoir maîtriser les enjeux de l'œuvre. Le contexte social et la place des femmes seront abordés ultérieurement (v. Analyses thématiques, De la parodie à la satire et Masculin / féminin).

LA PROSE FICTIONNELLE EN GRANDE-BRETAGNE AU MILIEU DU XVIIIe SIÈCLE

Dans la préface de son premier roman, *The Adventures of Roderick Random*, publié en 1748, Tobias SMOLLETT explique pourquoi son œuvre se distingue radicalement d'une autre catégorie esthétique appelée *romance* :

> Romance, no doubt, owes its origin to ignorance, vanity, and superstition. [...W]hen the minds of men were debauched by the imposition of priestcraft to the most absurd pitch of credulity, the authors of romance arose, and losing sight of probability, filled their performances with the most monstrous hyperboles. If they could not equal the ancient poets in point of genius they were resolved to excel them in fiction, and apply to the wonder, rather than the judgment, of their readers. [2008]

Comme les autres grands romanciers de son temps, Smollet reproche à la *romance* le caractère improbable de ses intrigues, des incidents qui émaillent celles-ci et des personnages qui les peuplent. Plus précisément, dans le contexte de cette préface, le terme fait référence aux romans de chevalerie comme *Amadis de Gaule* (1508), mais la même critique peut être adressée aux volumes si chers à Arabella, également connus en anglais sous le nom de *romances*: les œuvres écrites en France au XVIIe siècle par Mlle de Scudéry et par La Calprenède, appelées en français romans précieux ou romans héroïques. Le lien entre les deux types de *romances* est mis en évidence dans *The Female Quixote* lorsque sir George invente le personnage de "Cynecia", princesse de Gaule, faisant ainsi allusion à *Amadis de Gaule*. Le point commun entre les deux types de prose fictionnelle tient à la part prépondérante qu'ils accordent à l'imagination, au détriment de tout souci de vraisemblance ou, pour employer un terme récurrent chez les romanciers de la période et présent dans la citation de Smollett, de probabilité. Pour eux, la *romance* est le royaume des chimères les plus folles et les plus absurdes, comme lorsque la *persona** que s'invente sir George dans son métarécit* affirme avoir passé dix mois avec pour toute nourriture des soupirs et des larmes ("Sighs and Tears were all my Sustenance", p. 272), ce qui suscite l'hilarité de tous – à l'exception d'Arabella. C'est contre ces excès que, dans la première moitié du XVIIIe siècle, se développe une autre forme romanesque, plus ancrée dans le réel et le raisonnable; ce développement atteint son apogée dans les années 1740 et demeure sous le nom de *novel*. Attention: le terme même ne devient réellement opposé à *romance* que vers la fin du siècle, par exemple dans *The Progress of Romance* de Clara Reeve (1785), où l'auteur résume ainsi la distinction entre les deux: "The Romance is an heroic fable, which treats of fabulous persons and things. The Novel is a picture of real life and manners, and of the times in which it is written." Derrière les romans précieux proprement dits, c'est à toute la catégorie *romance* que s'intéresse Lennox, à prendre plutôt comme une simple abstraction que comme un ensemble d'œuvres aux contours bien délimités, comme l'explique Michael McKeon [1987]. C'est pourquoi, dans cet ouvrage, le terme *romance* fera le plus souvent référence non seulement aux romans chers à Arabella, mais aussi plus généralement à une prose romanesque vue comme irréaliste, extravagante et associée au mieux au conte, au pire au mensonge, et rejetée par les grands auteurs du XVIIIe siècle.

La dimension imaginative de la créativité ou son originalité ne sont en effet guère appréciées au milieu du XVIIIe siècle. Dans un essai de 1751 qui ne traite pas directement de la *romance* mais qui y fait très certainement allusion, Samuel Johnson, peut-être le plus grand homme de lettres de son temps (il fut entre autres essayiste, romancier, poète, journaliste et lexicographe) et par ailleurs ami de Lennox, écrit :

> While the judgement is yet uninformed and unable to compare the draughts of fiction with their originals, we are delighted with improbable adventures, impracticable virtues, and inimitable characters: But, in proportion as we have more opportunities of acquainting ourselves with living nature, we are sooner disgusted with copies in which there appears no resemblance. We first discard absurdity and impossibility, then exact greater and greater degrees of probability, but at last become cold and insensible to the charms of falshood [sic], however specious, and from the imitations of truth, which are never perfect, transfer our affection to truth itself. [in MEYER SPACKS, 1988]

Si Smollett retrace une évolution historique dans la préface de *Roderick Random* (la *romance* correspond aux âges obscurs et notamment au Moyen Âge, le *novel* à la modernité), l'évolution qu'évoque Johnson est celle d'un être humain qui passe de l'enfance ("judgement yet uninformed") à la maturité, ce à quoi l'oncle d'Arabella fait écho quand il indique avoir lu les contes comme Tom Pouce quand il était petit garçon ("when I was a Boy", p. 80), avant de les rejeter à l'âge adulte. La citation de Johnson articule en outre, et surtout, une association entre vérité et "nature", concept essentiel (v. Outils, Exemple de sujet : l'art et la nature) qui renvoie à l'essence des choses, à leurs caractéristiques distinctives : ce qui fait qu'un objet, une plante, une personne, sont tels qu'ils sont. Cette association est cruciale quand il s'agit de considérer l'écriture fictionnelle, et apparaît clairement chez Smollett. Toujours dans la préface de *Roderick Random*, quelques lignes après l'extrait cité ci-dessus, le romancier écossais ajoute :

> Every intelligent reader will, at first sight, perceive I have not deviated from nature in the facts, which are all true in the main, although the circumstances are altered and disguised, to avoid personal satire. [SMOLLETT, 2008]

"[W]e should ever confine ourselves strictly to nature", écrit quant à lui Henry FIELDING dans la préface de *Joseph Andrews*, en 1742 [1999]. Une œuvre qui prend la nature pour principe directeur ne peut pas être accusée de mentir, vice que le mot fiction n'était jamais loin d'évoquer dans la première partie du XVIIIe siècle, comme le suggère la première citation de Smollett ci-dessus ("they were resolved to excel them in fiction"). Étymologiquement, *fiction* vient du latin *fingere* qui signifie "façonner, pétrir", mais aussi "représenter pour autrui" et "inventer faussement, forger de toutes pièces", c'est-à-dire "faire semblant" et "mentir", tandis que le nom *fictum* n'a que le sens de "mensonge". *Fiction* est lié en anglais à l'adjectif *fictitious*, qui signifie à la fois "fictif, imaginaire", mais aussi "faux", ce qui explique le soupçon qui pèse sur l'imagination et fait de la fiction une catégorie peu recommandable, moralement douteuse, suspicion qui entache la prose fictionnelle pendant une bonne partie du siècle, et qui conditionne l'attachement d'Arabella à ce qu'elle voit comme le caractère historiquement avéré de ses livres : "it is not reality that Arabella resists in insisting that her romances are true, but fiction, that she cannot credit or respect" [MARTIN, 1997]. Elle porte ainsi à son paroxysme la distinction établie par Johnson entre l'imitation de la vérité et la vérité elle-même.

Des historiens du roman comme Michael MCKEON [1987] ont retracé l'évolution du genre par rapport à la *romance* à partir d'un changement épistémologique concernant le concept de vérité en littérature : d'une définition stricte de la vérité comme exactitude historique, la première moitié du XVIIIe siècle est passée à une conception plus souple de la vérité comme vraisemblance ou véracité, c'est-à-dire conformité à la réalité ; en d'autres termes, comme représentation convaincante de quelque chose qui existe dans la vie réelle. Lorsqu'elle est devenue ouvertement mimétique, qu'elle a reconnu et revendiqué son dessein d'imiter la réalité, le monde tel qu'il est appréhendé par les êtres humains, la vie telle que la vivent les êtres humains, la prose fictionnelle a lentement commencé à être considérée comme catégorie esthétique légitime. Comme l'explique l'homme d'Église à Arabella : "Truth is not always injured by Fiction" (p. 420), affirmation dont la prudence va peu à peu s'estomper jusqu'au début du XIXe siècle, où les connotations négatives de *fiction* ont presque toutes disparu. Résumant l'argument de McKeon, Catherine GALLAGHER présente ainsi ce changement épistémologique et le retentissement de celui-ci sur la prose fictionnelle : "the legitimation of the verisimilar (as opposed to the historical) allowed the separation of the fictional from the historical components of the romance and the development of the former as The Novel" [1994]. L'opposition entre réalité historique et vraisemblance fictionnelle est au cœur du débat entre Arabella et l'ecclésiastique dans l'avant-dernier chapitre de *The Female Quixote*, débat qui s'articule implicitement autour des deux significations du mot histoire, ainsi que nous l'avons vu dans l'introduction de cet ouvrage : tout au long du roman, Arabella s'accroche à la première définition (relation d'événements qui ont réellement eu lieu dans le passé) et croit fermement que tout ce qui se trouve dans ses livres bien-aimés est vrai, s'est réellement produit dans la réalité, tandis que l'homme d'Église cherche à la convaincre que la valeur de la lecture tient à la vraisemblance de ce qui est écrit. "What Pleasure or Advantage can arise from Facts that never happened?", demande Arabella (p. 420), qui retrouve sa santé mentale quand elle devient capable de ne plus considérer cette question comme purement rhétorique, mais de s'interroger vraiment sur l'utilité potentielle d'un récit fictionnel. Elle revient à la raison quand elle apprend non seulement à distinguer la réalité de la fiction, mais aussi à trouver du plaisir et de l'avantage à lire des récits imaginés et à accepter un autre type de fiction, ou plus précisément un autre type de vérité, non plus celle d'un fait historique, mais celle d'une *mimesis* bien conçue à laquelle tout lecteur pourrait s'identifier (c'est un point soulevé en particulier par Catherine GALLAGHER [1994]). C'est sur cette base que s'est développée la prose fictionnelle de la période, en conjonction avec d'autres éléments, pour certains également d'ordre épistémologique.

THE FEMALE QUIXOTE ET L'EMPIRISME

Selon l'ouvrage fondamental de Ian Watt, *The Rise of the Novel. Studies in Defoe, Richardson and Fielding* (1957), le roman tel que nous le connaissons aujourd'hui – ou *novel* – est né en Grande-Bretagne au XVIIIe siècle en raison de facteurs économiques, sociaux et philosophiques bien spécifiques. À une période qu'on appelle aussi les Lumières, dont la préoccupation principale est l'accès à la connaissance du monde et de l'être humain (d'où des réflexions poussées sur l'épistémologie), se développe en particulier une théorie philosophique dont Watt retrace l'importance pour l'évolution de la prose fictionnelle : l'empirisme. Exposée en particulier par John Locke dans son traité *Essay concerning Human Understanding* (1689-90), qui eut une influence considérable, cette théorie, pour le dire très schématiquement, présente la connaissance que nous avons des choses comme le résultat de l'expérience, plus précisément de la perception sensible. *The Female Quixote* reflète les débats épistémologiques de son temps en proposant un commentaire oblique sur la possibilité d'accéder à la connaissance par le biais des sens, par exemple lorsqu'Arabelle condamne à tort Glanville en s'appuyant sur ce qu'elle appelle "the Evidence of my own Senses" (p. 136). Un exemple un peu long mais plus détaillé, qui se trouve dans le chapitre I du livre IV, joue sur plusieurs niveaux :

> Are you resolved, Cousin, said Lady Bella, to persist in that ridiculous Mistake, and take a Nobleman for a Writing-master only because his Love put him upon such a Stratagem to obtain his Mistress?
>
> Indeed, Lady Bella, said Miss Glanville, smileing, you may as well persuade me, the Moon is made of a Cream Cheese, as that any

> Nobleman turned himself into a Writing-master, to obtain Miss Groves—
>
> Is it possible, Miss, said Arabella, that you can offer such an Affront to my Understanding, as to suppose, I would argue upon such a ridiculous System; and compare the second glorious Luminary of the Heavens to so unworthy a Resemblance? I have taken some Pains to contemplate the heavenly Bodies; and, by Reading and Observation, am able to comprehend some Part of their Excellence: Therefore it is not probable, I should descend to such trivial Comparisons; and liken a planet, which, haply, is not much less than our Earth, to a thing so inconsiderable, as that you name—
>
> Pardon me, dear Cousin, interrupted Miss Glanville, laughing louder than before, if I divert myself a little with the Extravagance of your Notions. Really, I think, you have no Reason to be angry, if I supposed you might make a Comparison between the Moon and a Cream Cheese; since you say, that same Moon, which don't appear broader than your Gardener's Face, is not much less than the whole World: Why, certainly, I have more Reason to trust my own Eyes, than such whimsical Notions as these.
>
> Arabella, unwilling to expose her Cousin's Ignorance, by a longer Dispute upon this Subject, begged her to let it drop for the present [...]. (p. 165)

Charlotte Glanville s'appuie sur ce qu'elle voit ("trust my own Eyes") : puisque ses yeux lui montrent que la lune a la taille d'un visage, ou peu s'en faut, elle refuse d'accepter que l'astre soit aussi grand qu'une planète, ce qui démontre une interprétation très étroite et absurde de l'empirisme. De toute évidence, c'est elle qui fait l'objet de la moquerie narrative et non Arabella, dont l'intérêt pour l'astronomie, qui conjugue savoir théorique ("Reading") et empirique ("Observation"), témoigne de sa capacité à se plonger dans des études arides et difficiles – elle fait en outre preuve de générosité en ne relevant pas l'ignorance de sa cousine, dans l'une de ces petites touches par lesquelles Lennox brosse indirectement le portrait de son héroïne. Ce passage s'appuie aussi sur l'opposition entre deux types de discours, contraste sur lequel repose une grande partie de l'humour du roman et qui doit impérativement faire l'objet d'une analyse lors d'un commentaire de texte. Le style de miss Glanville est en effet à la fois courant et métaphorique lorsqu'elle compare la lune à du fromage frais, ce qui l'ancre fermement dans la vie quotidienne et matérielle, tandis que celui d'Arabella appartient à un style bien plus élevé, voire pompeux ("glorious Luminary of the Heavens"), celui d'une forme d'idéal, tout en restant au niveau littéral : comme très souvent dans l'œuvre, elle prend la métaphore de sa cousine pour argent comptant et réfute très sérieusement la nature fromagère de la lune. Ici, Lennox passe très rapidement d'une perspective à l'autre, et exige de la part de son lecteur une attention soutenue : l'extrait commence en effet par ridiculiser, par l'intermédiaire de miss Glanville, l'idée d'Arabella selon laquelle le maître de miss Groves était un noble déguisé – à ce stade, le lecteur rit d'Arabella avec miss Glanville –, puis le texte semble continuer à se moquer de l'héroïne quand elle prend au pied de la lettre l'expression imagée de sa cousine, avant de brusquement renverser la situation lorsqu'éclate l'ignorance de miss Glanville, qui devient soudain la cible de l'humour : le lecteur rit alors de miss Glanville, et non plus d'Arabella. Ces renversements sont assez fréquents et doivent nous conduire à nous interroger de manière générale sur l'objet du ridicule dans *The Female Quixote*, qui n'est pas toujours Arabella. Nous y reviendrons plus loin (v. Analyses thématiques, De la parodie à la satire).

Plus profondément, si la remarque de miss Glanville sur la lune est comique, elle fournit également un parallèle, quelque peu inversé, à la vision du monde d'Arabella et à la prémisse principale du roman. Car contrairement au héros de Cervantès, Arabella perçoit le monde correctement, ses sens fonctionnent bien : si elle voyait un moulin à vent, elle l'identifierait comme tel. Elle ne pense pas qu'un enchanteur a modifié l'aspect extérieur des personnes ou des choses. Le problème réside dans *l'interprétation* de ce que ses sens lui transmettent, dans le passage de la perception à l'entendement. Comme l'observe Wendy MOTOOKA :

> Empirical evidence is powerless to alter her romantic beliefs, for her romantic beliefs are empirically derived [...]. With her surroundings so conformable (Arcadia) to those represented in her books, Arabella sensibly concludes that romance depictions are accurate, and that people should behave accordingly. Her romantic

> beliefs may be extraordinary, but they develop under and rely upon the very ordinary intellectual method of empiricism. [1996].

Le modèle mis en place très tôt avec Edward le jardinier se poursuit jusqu'à la toute fin du roman :

> Having discerned so many Marks of a Birth far from being mean, she easily passed from an Opinion, that he was a Gentleman, to a Belief that he was something more; and every new Sight of him adding Strength to her Suspicions, she remained, in a little time, perfectly convinced that he was some Person of Quality, who, disguised in the Habit of a Gardener, had introduced himself into her Father's Service in order to have an Opportunity of declaring a Passion to her […]. (p. 35-36)

Arabella voit un beau jeune homme aux bonnes manières et filtre cette perception à travers le prisme de ses lectures, réinterprétant la réalité et faisant d'Edward un jeune noble amoureux d'elle. La réalité de l'objet perçu disparaît progressivement à mesure que la perception ("discerned") se transforme en "opinion", c'est-à-dire en un jugement qui paraît vraisemblable sans être fondé sur des preuves, puis en croyance ("belief") – terme légèrement plus fort qu'"opinion" –, c'est-à-dire un principe ou une idée, accepté comme vrai sans preuve, et devient enfin une conviction ("convinced") qui ne saurait être ébranlée. Le postulat de départ n'est jamais remis en cause et conditionne la manière dont Arabella va interpréter tout ce qui se rapporte au jeune homme : s'il est pris en train de voler des carpes, c'est qu'il envisageait de se suicider et qu'il a utilisé les poissons pour dissimuler son réel dessein.

Citons juste un dernier exemple (il y en a bien d'autres) du mode de fonctionnement intellectuel d'Arabella et de la façon dont il problématise le rapport à la perception sensible :

> Arabella, who, from what her Uncle had said, began to entertain Suspicions, that would never have entered any Imagination but hers, looked earnestly upon him for half a Moment, as if she wished to penetrate into the most secret Recesses of his Heart: But, fansying she saw something in his Looks that confirmed her Apprehensions, she removed her Eyes from his Face […]. (p. 186)

Arabella entend des mots, regarde un visage avec intensité ("earnestly"), mais ses perceptions sont prédéterminées par son imagination, évoquée dans la citation non seulement par le substantif mais aussi par le verbe *fansy*, dont découle l'adjectif *fantastick* (ou *fantastic*) si fréquent dans *The Female Quixote* et défini par Johnson dans son dictionnaire comme *irrational* ou *imaginary*. La relation faussée qui existe entre la raison d'Arabella et son rapport sensible au monde est résumée vers la fin du roman : "she had such a strange Facility in reconciling every Incident to her own fantastick Ideas, that every new Object added Strength to the fatal Deception she laboured under" (p. 380), le terme *deception* ne laissant aucun doute sur le caractère erroné de ses conceptions. Si miss Glanville est incapable d'utiliser son imagination pour compléter son appréhension du monde, Arabella, elle, est incapable de ne pas conditionner sa vision du monde à un préjugé initial, d'où le mot "Visionary" ("One whose imagination is disturbed", selon le dictionnaire de Johnson) qui s'applique fréquemment à elle – pensons aussi à des expressions comme "fantastic Girl" (p. 228). Dans les deux cas, l'accès à une connaissance authentique est entravé, ce qui suggère le besoin d'une négociation plus serrée entre perception sensorielle et entendement, négociation qui forme l'essentiel de la réflexion lockéenne. Tous les grands romans de l'époque de Lennox explorent ces questions plus ou moins directement.

LENNOX DANS SON CONTEXTE LITTÉRAIRE IMMÉDIAT

La brève chronologie ci-dessous vise à replacer *The Female Quixote* dans le contexte littéraire qui précéda immédiatement sa parution afin que les jeux d'influence entre Lennox et (surtout) Fielding et Richardson apparaissent plus clairement. La nature de cette influence sera abordée dans cette sous-partie.

1719 : *Robinson Crusoe* (Defoe)

1719-1920 : *Love in Excess* (Haywood)

1722 : *Moll Flanders* (Defoe)

1724 : *Roxana* (Defoe) ; *Fantomina ; Or, Love in a Maze* (Haywood)

1726 : *Gulliver's Travels* (Swift)

1740-41 : *Pamela ; Or, Virtue Rewarded* (Richardson)

1742 : *The History of the Adventures of Joseph Andrews* (Fielding)

1744 : *The Adventures of David Simple in Search of a Faithful Friend* (Sarah Fielding)

1748 : *Clarissa ; Or, The History of a Young Lady* (Richardson) : *The Adventures of Roderick Random* (Smollett)

1749 : *The History of Tom Jones, A Foundling* (Fielding)

1751 : *The History of Miss Betsy Thoughtless* (Haywood) ; *The Life of Harriot Stuart, Written by Herself* (Lennox)

1752 : *The Female Quixote ; Or, The Adventures of Arabella* (Lennox)

Dans *The Rise of the Novel*, à la suite des deux plus grands romanciers du milieu du XVIIIe siècle, Samuel Richardson et Henry Fielding, Ian Watt fait la distinction entre la prose fictionnelle écrite à cette époque et celle produite à la fin du siècle précédent : la *romance*, c'est-à-dire ici non pas les romans de chevalerie chers à don Quichotte, mais les romans précieux, ou romans héroïques, de Mlle de Scudéry (*Artamène ou le grand Cyrus*, 1649-1653 ; *Clélie, histoire romaine*, 1654-1660, etc.) et de La Calprenède (*Cassandre*, 1642-1645 ; *Cléopâtre*, 1652, et bien d'autres) en particulier, qui se présentaient sous la forme de très longs volumes remplis de digressions et de métarécits*. Ce clivage a été souvent nuancé ou remis en cause, notamment par Margaret Anne Doody dans *The True Story of the Novel* (1996), où elle insiste au contraire sur la continuité entre les différentes formes de prose fictionnelle, ou de manière moins polémique par des critiques comme Jerry C. BEASLEY [1976], qui souligne ce que le *novel* emprunte à la *romance* – nous y reviendrons (v. Analyses thématiques, De la parodie à la satire). Il importe à ce stade assez peu que cette distinction soit ou non exacte ; elle était en tout cas admise au milieu du siècle, et les deux plus grands romanciers de la période considéraient tous les deux leurs œuvres comme radicalement différentes des *romances* qui les avaient précédées. Dans une lettre restée célèbre, RICHARDSON décrit son premier roman, *Pamela* (1740-41), comme une œuvre appartenant à une espèce nouvelle ("a new Species of Writing") [1804], tandis que, dans *Tom Jones* (1749), le narrateur de FIELDING déclare : "I shall not look on myself as accountable to any court of jurisdiction whatever; for as I am, in reality, the founder of a new province of writing, so I am at liberty to make what laws I please therein" [2008]. La nouveauté de leurs œuvres, selon eux, ce qu'elles ont de "nouveau" (d'où le nom *novel*), tient à leur adhésion à des critères de probabilité, à leur respect de la "nature" des choses, en d'autres termes au caractère vraisemblable de leur portrait de l'expérience humaine et des événements décrits, avec des personnages crédibles auxquels les lecteurs peuvent s'identifier et aux destinées desquels ils peuvent s'intéresser. C'est d'ailleurs un point que souligne FIELDING, dans sa recension favorable de *The Female Quixote* : "Our hearts are engaged very early on in good Wishes for the Success of Mr. Glanville; a Character entirely well drawn, as are indeed many others" [1752]. Au milieu du XVIIIe siècle, ces personnages appartiennent le plus souvent à des classes sociales plus proches de celles où se situent leurs lecteurs que les rois et les reines des ouvrages précédents, et leur expérience de la vie se rapproche des événements qui peuvent survenir dans le monde réel. Quand, chez Lennox, Charlotte Glanville affirme : "I do not choose to be always talking of Queens and Princesses, as if I thought none but such great People were worthy my Notice" (p. 211), elle fait écho à la position des auteurs de l'époque pour qui la vie de tous les jours, telle qu'elle est vécue par un certain nombre de leurs contemporains, et non plus des destins exceptionnels, constitue le meilleur des sujets pour une conversation – ou pour un roman.

Comme Smollett, Richardson et Fielding considéraient que leurs romans s'éloignaient des *romances,* même si celles-ci n'avaient pas encore disparu. Ainsi que le fait remarquer Sharon Smith Palo :

> In his letters, Richardson underscores the instructional value of his work when he describes it as a "course of reading" for young people that will steer them away "from the pomp and parade of romance writing." Similarly, in his preface to Joseph Andrews (1742), Fielding differentiates his writing from "those voluminous Works commonly called Romances, namely, Clelia, Cleopatra, Astraea, Cassandra, the Grand Cyrus, and innumerable others which contain, as I apprehend, very little Instruction or Entertainment." [2005-2006]

Les trois derniers mots de la citation empruntée à Fielding soulignent une dimension essentielle de l'écriture fictionnelle au XVIIIe siècle : elle était censée apporter aux lecteurs à la fois de l'instruction, notamment morale, et du plaisir, suivant en cela le principe énoncé par le poète latin Horace dans son *Ars Poetica,* au premier siècle avant l'ère chrétienne : *utile dulci,* "mêler l'utile à l'agréable". Le lectorat de l'époque était en effet friand de publications dont les intrigues bien menées et les personnages décrits avec soin accompagnaient un propos d'ordre moral ou bien permettaient d'élargir ses connaissances sur le monde, ce qui explique, en dehors du mode fictionnel, le grand succès que rencontraient les récits de voyage. Le désir d'Arabella d'entendre des histoires qui vont autant l'instruire que la charmer ("hearing something which may at once improve and delight me", p. 310), lui procurer du plaisir ou un bénéfice quelconque ("what *Pleasure or Advantage* can arise from Facts that never happened ?", p. 420, nous soulignons) est ainsi tout à fait en phase avec les attentes des lecteurs en ce milieu du XVIIIe siècle.

Il est essentiel de garder à l'esprit le souhait commun à Richardson et à Fielding de se démarquer de la *romance* en lisant *The Female Quixote*, car le roman de Lennox dialogue avec les leurs, auxquels il fait référence explicitement ou implicitement. Le deuxième roman de Richardson, *Clarissa* (1748), ainsi que son auteur, "an Admirable Writer of our own Time", sont ainsi cités en exemple et mentionnés dans des notes d'auteur dans l'avant-dernier chapitre (p. 420 et 421) ; de manière plus allusive, lorsqu'Arabella, qui vient de décider de s'enfuir de chez elle, ne parvient pas à se trouver un précédent chez ses héroïnes préférées ("The Want of a Precedent [...] held her a few Moments in Suspense; for she did not remember to have read of any Heroine that voluntarily left her Father's House", p. 49), Lennox, sinon son héroïne, adresse un clin d'œil à ses lecteurs qui savent bien que, peu de temps avant la publication de son roman, deux héroïnes romanesques se sont bien enfuies du domicile paternel, dans deux œuvres considérées comme les chefs-d'œuvre de leurs auteurs : Clarissa Harlowe chez Richardson et Sophia Western chez Fielding (*Tom Jones,* 1749). En outre, comme la note l'indique, le désir qu'exprime Arabella de ne pas se marier ("live single", p. 57) fait directement écho à celui de Clarissa, répété à de nombreuses reprises. Joseph F. Bartolemeo voit même en *The Female Quixote* une réécriture comique de *Clarissa* [1996]. Enfin, Richardson laissa son empreinte plus directement dans l'écriture même de *The Female Quixote* puisque le romancier, ami de Lennox, révisa son manuscrit et lui donna des conseils qui lui firent abréger son œuvre et retravailler la fin [ISLES, 2008].

Pourtant, les romans de Richardson ne constituent sans doute pas l'influence prédominante qui s'exerça sur *The Female Quixote*, comme le fait remarquer Mary Patricia MARTIN :

> [...] in a text like *The Female Quixote*, despite its explicit championing of his great rival, Fielding is everywhere: in the shared nod to Don Quixote (the title page to Joseph Andrews reads 'in imitation of the manner of Cervantes'), in its self-conscious play with its own fictional status (an acknowledgment that is anathema to Richardson), evident, as in Fielding, in chapter titles that call attention to the volume's material status and the progress of its

story, and in the ironic narrator who presides over the novel and its readers alike. [1997]

L'écriture romanesque de Lennox dans *The Female Quixote* doit en effet beaucoup plus à Fielding qu'à Richardson. Les deux auteurs ne s'appréciaient guère ; dans le sillage de l'immense succès de *Pamela*, qui racontait les efforts d'une jeune servante pour sauvegarder sa vertu face aux avances parfois très poussées de son maître, Fielding avait publié une parodie* de ce roman, *Shamela* (1741), qui reprenait les personnages de Richardson en faisant de l'héroïne une manipulatrice dévergondée ; il poursuivit le même chemin dans *Joseph Andrews*, dont le personnage principal n'est autre que le frère de Pamela. Richardson et Fielding, qui rivalisaient pour déterminer la direction qu'allait prendre la prose fictionnelle, composèrent des œuvres au caractère très différent, à commencer par leur tonalité, sérieuse voire tragique pour le premier, comique et satirique* pour le second, à l'exception de son dernier roman, *Amelia* (1751), plus sentimental. Leur forme narrative de prédilection diffère aussi nettement : les romans de Richardson (*Pamela*, *Clarissa*, et *Sir Charles Grandison*, publié en 1753), tous épistolaires, se composent par définition de lettres écrites par un ou plusieurs personnages qui s'expriment donc à la première personne, tandis que Fielding privilégie un narrateur omniscient et un récit à la troisième personne parsemé de nombreuses interventions narratoriales qui interpellent souvent directement le lecteur – comme dans *The Female Quixote*. Dans la citation ci-dessus, Mary Patricia Martin évoque les titres de chapitres, qui en résument plus ou moins le contenu (*chapter headings*) ; il s'agit d'une pratique courante à l'époque, qu'avait adoptée Swift entre autres dans *Gulliver's Travels* (1726). Par exemple, le chapitre II du livre II de *Joseph Andrews* s'intitule "A very delightful Adventure, as well to the Persons concerned as to the good-natur'd Reader" [Fielding, 1999] ; interpellation du lecteur, mise en exergue du caractère fictionnel de l'œuvre et emploi du mot *adventure*, voilà trois éléments que l'on retrouve souvent chez Lennox, qui elle aussi fait appel à une voix narrative à la troisième personne et à une narration omnisciente.

Cette dimension réflexive, qui insiste sur le caractère fictionnel de l'œuvre, représente une distinction fondamentale entre Fielding et Richardson et se double d'une prise de position de l'auteur ; sur ce point,

Lennox se range nettement du côté de Fielding. En effet, Richardson ne signa pas ses romans, ce qui en soi n'est pas significatif, puisque l'anonymat était largement répandu au XVIIIe siècle (ni Defoe, ni Swift ne signaient leurs œuvres) ; d'ailleurs, Lennox ne signa ni son premier roman, *Harriot Stuart*, assez logiquement puisqu'il était censé avoir été écrit par l'héroïne (le sous-titre était *Written by Herself*), ni *The Female Quixote*, sans qu'il y ait nécessairement de conclusion à en tirer. Plus profondément, l'attitude de Richardson envers ses romans témoigne peut-être d'un certain malaise envers le statut d'auteur puisqu'il présentait les lettres de ses personnages comme authentiques, revendiquant pour lui-même le statut d'éditeur (*editor*) et non d'auteur – Martin utilise le mot d'"anathème" pour qualifier la position de Richardson envers la reconnaissance du statut fictionnel de son écriture. Par contraste, Fielding, qui signa *Tom Jones* (mais non *Joseph Andrews*), non seulement ne déguisa jamais la fictionnalité de ses œuvres, mais la revendiqua ouvertement, tout comme le fait Lennox dans *The Female Quixote* quand elle utilise régulièrement l'expression "our Heroine" pour désigner Arabella, par exemple. Des commentaires comme "to return to *Arabella*, whom we left in a very melancholy Situation" (p. 120) vont dans le même sens, ainsi que l'insistance de la voix narrative sur la division matérielle du livre par des phrases comme celle-ci : "the old Baronet said what will be found in the following Chapter" (p. 271), ou bien lorsqu'interviennent des commentaires sur la longueur des chapitres, comme dans le titre du chapitre I du livre VII : "For the Shortness of which the Length of the next shall make some Amends" (p. 289). Sur tous ces points, c'est le modèle institué par Fielding que suit Lennox, qui ne permet jamais à ses lecteurs d'oublier qu'ils lisent une fiction et qu'ils tiennent un livre entre les mains, à une époque où les progrès de l'imprimerie et l'essor du marché du livre sont tels que de nombreux auteurs se préoccupent plus que jamais du caractère matériel de leur activité. On le voit, dans *The Female Quixote*, Lennox négocie sa place entre Fielding et Richardson, empruntant à l'un et à l'autre dans une œuvre qui reflète directement les débats de son temps sur la nature et la place de la prose fictionnelle. En cela, et dans la réflexion qu'il articule sur le passage de la *romance* au *novel*, *The Female Quixote* est un *métaroman*, c'est-à-dire un roman qui réfléchit sur son caractère romanesque, et plus généralement sur la fiction de son temps. Lennox y propose un état des lieux des positions de ses contemporains et prend acte de la disparition d'une forme d'écriture au profit d'une autre : "C'est [...] avec notamment *The Female Quixote* (1752) que s'affirme de manière claire le basculement décisif de l'ancien vers le 'nouveau' roman", note Alain Bony [2004], ce que Lennox retrace de manière tout à fait consciente et précise, faisant œuvre d'historienne du roman. Or, une œuvre joua un rôle important dans ce basculement : le *Don Quichotte* de Cervantès.

DON QUICHOTTE, *THE FEMALE QUIXOTE* ET LE ROMAN AU XVIIIe SIÈCLE

Si le lien intertextuel (v. Glossaire, Hypotexte) n'était pas clairement affiché dans le titre du roman de Lennox, son postulat de départ, une lectrice qui confond fiction et réalité et qui pense faire partie du monde décrit dans ses livres, suffirait à identifier ce que celui-ci doit à *Don Quichotte*. D'autres éléments évoquent le chef-d'œuvre de Cervantès, qu'il s'agisse de motifs – la servante Lucy devient la confidente d'Arabella, comme le paysan Sancho Panza se voit transformé en écuyer de son maître – ou d'incidents : la décision que prend le marquis de faire brûler les livres d'Arabella au chapitre XIII du livre I, épisode prolongé dans le chapitre I du livre II, rappelle directement l'auto-da-fé qui consume une grande partie de la bibliothèque de Don Quichotte. Or, il n'est guère étonnant que Lennox ait trouvé chez Cervantès l'hypotexte* de son deuxième roman. Comme l'explique Pedro Javier PARDO :

> […] even if it was not originally written in English, Don Quijote can be considered an eighteenth-century English novel. Not only was it available at the time in English translation, but there was a significant increase both in the quantity of its circulation and the quality of its reception. Let us not forget that, after Thomas Shelton's translation (1612, 1620) – reworked by John Stevens in 1700 – and John Phillips's (1687), the eighteenth century saw the publication of three new translations (Peter Motteux in 1700 and

1703, Charles Jervas, or Jarvis, in 1742, and Tobias Smollett in 1755), with more than twenty editions and reprints in all. This fact alone distinguishes Don Quijote as one of the most popular books of the century, at least as much as those by Defoe, Richardson or Fielding […]. [2015]

L'influence de ce roman espagnol en Grande-Bretagne fut considérable au XVIIIe siècle ; nous n'en donnerons ici que quelques exemples [pour aller plus loin, v. PARDO, 2015, STAVES, 1972, MOTOOKA, 1996, et DALE, 2017 et 2022]. Ainsi Fielding, également auteur d'une pièce de théâtre intitulée *Don Quixote in England* (1728 ?), ajouta la mention "Written in imitation of the manner of Cervantes, Author of Don Quixote" sur la page de titre de *Joseph Andrews* (1742) ; un certain nombre de personnages romanesques s'inspirent en outre directement de don Quichotte, comme le héros éponyme* de *David Simple*, par Sarah Fielding (sœur de Henry), en 1744.

Pourquoi un tel succès ? Le roman de Cervantès propose en premier lieu une satire* des romans de chevalerie, concept qui, au XVIIIe siècle, n'a plus grand sens. Comme l'écrit Mark GIROUARD :

> [Chivalry in the 18th century] did not amount to very much. So much else had happened to overshadow the chivalric tradition, or make it seem barbarous and absurd. […] Chivalry had little relevance to ordinary gentlemen living in security and comfort and leaving war to professionals. What meaning could it have for an average Georgian landowner busily planting parks or turnips, building temples, enclosing commons, looking for an heiress, or cementing political alliances? He might be proud of mediaeval ancestors, in so far as they contributed to the status of his family, but that he should in any way imitate them would have seemed absurd to him. Many of the most important elements of chivalry now conflicted with the conviction of the upper and most of the middle classes that anything that savoured of 'enthusiasm' should be avoided, and the belief of progressive people that society could and should be remodelled according to the dictates of reason. Loyalty to a king or leader, however disastrous the result, faithful love, however little requited, readiness to fight for one's honour, however slight the slur on it, or truth to one's word, however rashly given, were qualities which the literature of chivalry singled

out for praise, but which eighteenth-century opinion tended to consider stupid rather than noble. [1981]

L'absurdité des conceptions chevaleresques (*absurd* est répété dans ce passage), leur caractère excessif (sens ici de *enthusiasm*, que Johnson définit comme *heat of imagination*; *violence of passion*) et déraisonnable ainsi que leurs valeurs principales, que résume Girouard dans la dernière phrase (*loyalty, faithful love, readiness to fight for one's honour*) se retrouvent également dans les romans héroïques, qui représentèrent une sorte de renaissance des romans de chevalerie au XVIIe siècle ; le XVIIIe siècle assoit en quelque sorte ses propres valeurs en se moquant de celles de la période qui l'a précédé. Derrière cet affrontement se dessine une tension entre une forme d'*idéalisme* incarnée par le don quichotte, personnage animé comme l'est Arabella par la générosité, le courage, l'amour de la vertu et de la justice, et le *matérialisme* d'une époque plus intéressée par le commerce et les alliances politiques, comme le propriétaire terrien décrit avec humour par Girouard ci-dessus. Plus profondément, le traitement comique de la chevalerie chez Cervantès donne lieu à une satire des excès d'une imagination débridée plus directement responsable du succès de l'œuvre à l'époque de Lennox : cette satire entrait en résonance avec les préoccupations du siècle et explique pourquoi les romanciers des années 1740 lancèrent leur attaque contre la *romance* en prenant Cervantès pour modèle. Pour citer une dernière fois SMOLLETT, qui traduisit *Don Quixote*, dans la préface de *Roderick Random* :

> [...] Although nothing could be more ludicrous and unnatural than the figures they drew, they did not want patrons and admirers; and the world actually began to be infected with the spirit of knight-errantry, when Cervantes, by an inimitable piece of ridicule, reformed the taste of mankind, representing chivalry in the right point of view, and converting romance to purposes far more useful and entertaining, by making it assume the sock, and point out the follies of ordinary life. [2008]

En d'autres termes, et même s'il est quelque peu anachronique et simpliste de le formuler précisément de cette manière, Cervantes contribua à transformer la *romance* en *novel* en rendant la prose fictionnelle utile et agréable, "useful and entertaining", ce qui nous renvoie au concept de *utile dulci* évoqué ci-dessus.

Un dernier facteur explique l'immense popularité de *Don Quichotte* dans la Grande-Bretagne du XVIIIe siècle : les *questions épistémologiques* que soulève le roman, questions qui, on l'a dit, se trouvent au cœur de la pensée des Lumières, puisque la perception qu'a un don quichotte de la réalité est filtrée par le prisme de ses lectures, rendant problématique son accès à la connaissance. Amelia DALE résume ainsi les enjeux principaux d'un récit de ce type : "Eighteenth-century quixotic narratives, by contrasting what the quixote perceives versus what other characters claim to be going on, test theories of common sense, standards of judgement, limitations of reason, the universality of taste, and the reliability of the senses" [2022]. L'extrait du chapitre I du livre IV commenté plus haut (v. *The Female Quixote* et l'empirisme) rassemble presque tous ces points, à l'exception du caractère universel du goût qui est abordé ailleurs dans le roman, notamment dans le chapitre VII du livre VII. La réflexion sur ces questions s'articule autour de la lecture, qui constitue un élément fondamental de la diégèse dans tout roman donquichottesque au sens littéral, puisque les personnages inspirés de don Quichotte sont inspirés par des livres, et au sens figuré puisqu'il y est toujours question de "lire le réel", c'est-à-dire de l'interpréter (v. Synthèses et perspectives, Lire (dans) *The Female Quixote*). L'interprétation et la réception sont inscrites dans ce genre de textes d'une manière encore plus profonde que dans les autres œuvres de la période, même si celles-ci proposent déjà une forme de réflexion sur leur propre lecture : dans un roman épistolaire à la Richardson, la forme même de la lettre suppose un destinataire censé la lire, et dans une narration omnisciente comme chez Fielding ou chez Lennox, le lecteur est très souvent interpellé, comme il l'était déjà dans *Gulliver's Travels* et comme il le sera plus encore chez Sterne, dans *Tristram Shandy* (1759-1768). Pour citer encore Amelia DALE, "a quixotic text demands its readers reflect upon their own reading practices and upon the complex relationship between reader and text" [2022]. Au lecteur et au texte s'ajoute l'auteur, dont la position varie d'un type de roman à l'autre, on l'a vu ; tout cela fait d'une œuvre donquichottesque un texte éminemment littéraire, ce qui est le cas de *The Female Quixote* où se mêlent considérations sur la lecture, sur le rôle de la fiction et sur l'écriture même.

FEMMES ET "HISTOIRE"

Ces considérations s'expriment en premier lieu à propos de l'histoire d'Arabella, qu'elle s'attend à voir écrite après sa mort dans le chapitre I du livre III (p. 132). Outre la sienne propre, Arabella demande souvent à entendre l'histoire d'autres personnages, généralement des femmes, mais pas toujours (sir George, par exemple). Qu'il s'agisse d'écrire une histoire ou de la raconter, Arabella a des idées très précises en la matière et les expose à plusieurs reprises, ce qui mène Margaret Anne DOODY au commentaire suivant : "The novel is full of parodic and self-referential explications of narration itself, and the power that narration provides" [2008]. Dans les chapitres IV et V du livre II par exemple, Arabella demande à Mrs Morris de lui relater l'histoire de sa maîtresse, miss Groves, et lui explique comment procéder :

> Arabella, supposing she [Mrs Morris] was endeavouring to recollect all the Passages of her Lady's Life, told her, She need not give herself the Trouble to acquaint her with any thing that passed during the Infancy of her Lady, but proceed to acquaint her with Matters of greater Importance: And since, said she, you have, no doubt, been most favoured with her Confidence, you will do me a Pleasure to describe to me, exactly, all the Thoughts of her Soul, as she has communicated them to you, that I may the better comprehend her History. [...] Pray, interrupted Arabella, do me the favour to relate Things methodically: Of what Use is it to me to know that this is your Lady's second Trip, as you call it, into the Country, if I know not the Occasion of it? Therefore begin with informing me, who were the Parents of this admirable young Person. (p. 88-89)

Les instructions d'Arabella sont encore plus détaillées lorsqu'elles s'adressent à Lucy et concernent sa propre histoire dans le chapitre V du livre III, précisément intitulé "Some curious Instructions for relating an History". Lucy comprend dans un premier temps qu'il s'agit d'inventer un récit avec des expressions comme "*make* a History", puis "repeat a *Story*" (p. 143, nous soulignons). La difficulté qu'éprouve Lucy à bien comprendre ce qu'Arabella entend par *history* se poursuit dans la phrase suivante, où elle part dans la direction opposée et envisage le terme dans sa signification historique, ce qui prolonge sur un mode comique l'hésitation sur le sens du *history* que nous avions évoquée ici en introduction : "it is not such simple Girls as I can tell Histories: It is only fit for Clerks, and such Sort of People, that are very learned". Les indications d'Arabella révèlent que Lucy n'est pas loin de la vérité :

> you ask me to tell you what you must say; as if it was not necessary you should know as well as myself, and be able, not only to recount all my Words and Actions, even the smallest and most inconsiderable, but also all my Thoughts, however instantaneous; relate exactly every Change of my Countenance; number all my Smiles, Half-smiles, Blushes, Turnings pale, Glances, Pauses, Full-stops, Interruptions; the Rise and Falling of my Voice; every Motion of my Eyes; and every Gesture which I have used for these Ten Years past; nor omit the smallest Circumstance that relates to me. (p. 144)

L'extrême minutie exigée par Arabella confine bien sûr à l'absurde et confère à ce passage une dimension clairement humoristique, en faisant écho aux interminables récits biographiques que comptent les romans précieux : "Arabella's further charge to [Lucy] parodies the romances' claims to historicity", explique Everett ZIMMERMAN [2000]. Mais ces recommandations dépassent le stade de la simple parodie. Dans les deux passages cités, avec Mrs Morris et avec Lucy, Arabella souligne que la vie d'une femme peut présenter de l'intérêt, même dans ses plus petits détails ; que cela vaut la peine de raconter ses émotions et ses pensées, l'histoire d'une âme ("the thoughts of her soul", p. 88), et non simplement les événements qui jalonnent son existence, même si ceux-ci constituent proprement les "aventures" si chères à l'héroïne. Quelques années auparavant, Richardson avait déjà montré en quoi la vie intérieure d'une femme pouvait être riche et constituer l'essentiel d'un roman, avec *Pamela* et surtout dans *Clarissa*, où les sourires, mots, actions, rougissements, etc., de l'héroïne sont rapportés avec un scrupule qui ne déplairait pas à Arabella.

The Female Quixote cependant suggère qu'une telle entreprise peut s'avérer délicate parce que, dans le cas d'une femme, le pouvoir que procure la maîtrise du récit, en particulier du récit de sa propre vie, est exercé par quelqu'un d'autre, Lucy pour Arabella et Mrs Morris pour miss Grove, qui n'a pourtant aucune envie que son histoire s'ébruite, mais qui ne peut l'empêcher. Si sir George peut raconter son histoire – sur 10 chapitres, tout de même – quelque inventée qu'elle soit, cela est impossible à miss Groves comme à Arabella, pour des raisons différentes. "I shall not write it", explique Arabella ; "it will be written after my Death" (p. 132) : le modal *shall* et la voix passive soulignent à quel point cela n'est pas de son ressort, ce que Thomas SCHMIDT contraste avec le long métarécit* de sir George :

> Sir George's romance narrative, ridiculous and ineffective as it ultimately proves, nevertheless establishes a male authority to tell one's own story, an authority that Arabella herself can never claim. Instead, as David Marshall has so convincingly shown, Arabella can only take up a position as a subject of romance, "a character in a prescribed plot that dictates her words and actions". [1997 ; voir aussi MARSHALL, 1993]

Autorité et auctorialité restent donc fondamentalement masculines ; les pages qui précèdent ont d'ailleurs fait la part belle aux auteurs masculins, qui, eux, ont l'autorité pour écrire l'histoire de personnages féminins, qu'il s'agisse de Defoe avec *Moll Flanders* (1722) et *Roxana* (1724) ou – surtout – de Richardson. Héroïne ou auteur, il faut choisir, ce que le seul exemple d'une femme qui raconte son histoire dans le roman met ironiquement en lumière, puisqu'elle n'a précisément pas d'histoire à relater :

> when I tell you, pursued she with a smile, that I was born and christened, had a useful and proper education, received the addresses of my Lord — through the recommendation of my parents, and married him with their consents and my own inclination, and that since we have lived in great harmony together, I have told you all the material passages of my life; which upon enquiry you will find differ very little from those of other women of the same rank, who have a moderate share of sense, prudence and virtue. (p. 367)

Toute l'"histoire", si l'on peut dire, de la comtesse est contenue dans ces quelques lignes et ne dit rien de sa vie intérieure, "the thoughts of her mind" ; en outre, presque tous les événements mentionnés la placent dans un contexte social ("christened", "other women of the same rank") et familial ("my parents", "married him"), suggérant qu'elle ne saurait avoir d'individualité, de vie propre, distincte de celle de ses parents et de son mari. L'existence d'une femme n'aurait pas de valeur en tant que telle et, plutôt que de mentionner ce qui rend sa vie singulière, remarquable pour elle-même, la comtesse insiste sur ce qu'elle a de commun avec celle des autres femmes de son rang. La comtesse, qui paraît tout droit sortie de l'un de ces livres de bonne conduite qui enseignent aux jeunes filles non seulement comment elles doivent se comporter, mais ce qu'elles doivent être (le plus célèbre est celui de James Fordyce, *Sermons to Young Women*, paru en 1766), est considérée comme un modèle par de nombreux personnages positifs, et admirée par Arabella ; devons-nous en conclure qu'elle doit représenter un modèle pour les lectrices, avec l'idée sous-jacente que les femmes "bien" sont sans histoire ? Pour des critiques comme Laurie LANGBAUER, la disparition de l'individualité d'Arabella qui se produit avec le renoncement à la *romance* et le mariage final correspond à la disparition de sa voix propre et de l'idée même qu'elle puisse avoir une histoire [1990]. Devons-nous le regretter, ou bien nous en féliciter ? C'est une question qui a beaucoup préoccupé la critique et qui sera développée plus loin (v. Analyses thématiques, Masculin / féminin) même si, disons-le tout de suite, aucune réponse définitive ne sera apportée. Il convient ici simplement de souligner un paradoxe : pareille conception se trouve exprimée dans un ouvrage qui raconte précisément l'histoire d'une femme sur 428 pages et qui connut un grand succès critique et populaire lors de sa publication. On peut formuler ce paradoxe de différentes manières : ce qui est censé rester dans le domaine privé est rendu public (littéralement, avec la publication d'une histoire de femme) ; ce qui est censé disparaître apparaît au contraire aux yeux de tous. Ces tensions sont symptomatiques de l'écriture au féminin en ce milieu de XVIIIe siècle.

La carrière de Charlotte Lennox présente à la fois des points communs et des différences par rapport à celles d'autres femmes de lettres de son époque. Sans reprendre sa biographie, dont l'introduction de l'édition au programme retrace l'essentiel [GILROY, 2006], quelques points méritent d'être soulignés. Comme Eliza Haywood ou Aphra Behn, elle œuvra dans des genres littéraires différents, chose beaucoup plus courante alors que maintenant (on y reviendra : v. Analyses thématiques, De la parodie à la satire). Auteur de poèmes, notamment "The Art of Coquetry" en 1750, et familière du théâtre en tant qu'actrice en 1748, puis dramaturge (1757), elle publia en 1750 (elle avait alors sans doute 21 ans) son premier roman, *The Life of Harriot Stuart*, autobiographie fictionnelle remplie d'aventures rocambolesques qui relate la vie d'une jeune coquette. Sa parution donna lieu à une fête monumentale organisée par Samuel Johnson, au cours de laquelle il plaça une couronne de lauriers, symbole de la consécration littéraire, sur la tête de Lennox. Peu de femmes de lettres furent ainsi consacrées par l'homme de lettres le plus influent de son temps, surtout dans le domaine du roman, dans lequel elle fut également adoubée par Richardson. Eliza Haywood par exemple, qui fut l'une des plus prolifiques de son temps et qui connut un grand succès populaire avec *Love in Excess* (1719-1720) ou *The History of Miss Betsy Thoughtless* (1751), ne bénéficia pas de la même reconnaissance (qu'elle ne recherchait d'ailleurs pas forcément), non seulement en raison de son attaque frontale envers *Pamela* dans *The Anti-Pamela; or, Feign'd Innocence Detected* (1741), mais aussi parce que le milieu du XVIIIe siècle vit s'accélérer la séparation genrée entre sphère publique et sphère privée, ce qu'on ne fera que mentionner ici [pour aller plus loin, voir GALLAGHER, 1994, POOVEY, 1984 et SPENCER, 1986]. Associées au privé, les femmes qui s'aventuraient dans le domaine public par le biais d'une *publi*cation étaient souvent considérées avec suspicion, surtout quand elles étaient connues, comme Haywood, pour leurs romans sentimentaux souvent plus ou moins scandaleux, ce qui sera développé plus loin (v. Analyses thématiques, De la parodie à la satire). Cela rendait l'écriture romanesque, genre considéré comme douteux, on l'a vu, encore plus problématique pour une femme que pour un homme, à moins que le caractère didactique de l'œuvre ne laisse aucun doute. FIELDING note ainsi avec approbation que la lecture de *The Female Quixote* sera utile à bien des jeunes filles : "our Author hath taken such Care throughout her Work, to expose all those Vices and Follies in her Sex which are chiefly predominant in our Days, that it will afford very useful Lessons to all those young Ladies who will peruse it with proper Attention" [1752].

The Female Quixote parut à un moment où, paradoxalement (les années 1740-50 restant connues comme l'une des périodes les plus fastes de l'histoire du roman en Grande-Bretagne), le marché du roman n'était guère propice : "the number of books published between 1740 and 1752 that literary historians now classify as 'novels' fell significantly", indique Catherine GALLAGHER [1994], ce qui explique que l'éditeur Andrew Millar ait hésité à le publier. Son succès fut cependant très rapide, sur le plan critique, avec notamment la recension très positive de Fielding dans le *Covent Garden Journal*, et sur le plan commercial, avec trois éditions successives et quatre réimpressions dans les onze années suivantes. Selon une pratique courante à l'époque, l'éditeur conserva le *copyright* du roman et Lennox ne profita guère des ventes de son œuvre, d'où la détresse financière qui fut la sienne, tout au long d'une vie qu'elle consacra largement à l'écriture. Elle publia ainsi cinq autres romans, tous centrés autour d'une héroïne : *Henrietta* (1758), *Sophia* (1762), *Eliza* (1766), *Euphemia* (1790) et *Hermione* (1791), et un certain nombre de traductions. Parmi ses autres productions, l'on peut citer l'une des premières études critiques sur Shakespeare (*Shakespear* [sic] *Illustrated*, 1753), dont la préface, comme celle de *The Female Quixote*, fut écrite par Johnson ; ainsi qu'un périodique, *The Lady's Museum* (1760-61).

Quelques remarques sur ces deux publications permettent de mettre en lumière des éléments déjà présents dans *The Female Quixote*, auxquels Lennox semblait prêter une attention particulière. *The Lady's Museum*, dont la plupart des articles furent écrits par Lennox elle-même sous le pseudonyme de "The Trifler", aborde ainsi des sujets qui entrent en résonance directe avec son deuxième roman : "[The Trifler] is deeply concerned with the interplay between the woman writer and the woman reader and how metatextuality emphasizes the agency of both. As such, the Trifler falls in line with the authorial persona of *The Female Quixote*", souligne Jodi WYETT [2015 ; voir aussi DORN, 1992]. Quant à *Shakespear Illustrated* – qui suit immédiatement *The Female Quixote* dans la production de Lennox et qui s'intéresse aux sources de Shakespeare –, "[it] deals at length with the reading and use of romances and novels", explique Margaret Anne DOODY [1987]. Incidemment, il n'est pas impossible que la situation qui ouvre *The Female Quixote*, un père banni de la cour à la suite d'intrigues qui s'installe avec sa fille dans l'isolement, loin du monde, ait été inspirée à Lennox par *The Tempest* (1610-1611).

Le succès, l'éclectisme et la qualité même des œuvres de Lennox n'ont pas suffi à lui assurer une place durable dans le canon littéraire, pour deux raisons principales : parmi ses contemporains immédiats se trouvaient en effet les deux plus grands auteurs de ce milieu du XVIIIe siècle, parmi les plus grands de toute la littérature britannique, Fielding et Richardson. Elle souffrit, sans doute injustement, de la comparaison. Plus généralement, si elle apparaît encore en bonne place dans *The British Novelists* de Anna Laetitia Barbauld en 1810, et si, au début du XIXe siècle, elle était encore lue et appréciée (Jane Austen par exemple avait beaucoup d'estime pour Lennox, et surtout pour *The Female Quixote,* auquel elle doit peut-être l'idée de *Northanger Abbey*), Lennox fut victime, comme beaucoup (Haywood, Behn, Frances Burney...) depuis, et particulièrement au XXe siècle, de ce que Clifford SISKIN a appelé "The Great Forgetting" [1999], phénomène par lequel les femmes furent effacées du canon littéraire et qui toucha à peu près toutes celles des XVIIe et XVIIIe siècles, à l'exception de Jane Austen. Comme l'explique Jane SPENCER, "[a]s the novel has gained critical prestige women's part in it has been as far as possible edited out of the historical account, in a familiar move to belittle and suppress women's achievements" [1986]. Un seul exemple : Ian Watt ne mentionne même pas le nom de Lennox en 1957 dans *The Rise of the Novel,* alors que l'importance de son rôle dans le développement du roman britannique au XVIIIe siècle ne fait aujourd'hui plus de doute. Dans la préface de la biographie qu'elle lui consacra en 1935, *Charlotte Lennox, An Eighteenth-Century Lady of Letters*, Miriam ROSSITER SMALL situe cette dernière dans la pénombre, "the dim background of public notice" [1935], à peine éclairée indirectement par la gloire des hommes dont elle était l'amie, au premier rang desquels Johnson et Richardson. L'hypothèse selon laquelle Johnson aurait rédigé l'avant-dernier chapitre de *The Female Quixote*, présenté comme le meilleur de l'œuvre ("the best Chapter in this History", p. 411), avancée sans preuve par James Boswell, biographe de Johnson, et reprise largement encore au début du XXIe siècle, a été battue en brèche [ISLES, 2008 ; BRACK and CARLILE, 2003]. À partir des années 1960, les efforts des féministes pour remodeler le canon et redonner une place à ces autrices oubliées ou presque profitèrent à Lennox, dont *The Female Quixote* connut sa première édition critique par Margaret Dalziel en 1970 pour Oxford University Press. Son deuxième roman donna lieu à quelques rares travaux critiques dans les années 1970, mais c'est surtout à partir des années 1980 que sa "redécouverte" prit son essor, à partir surtout de *The Female Quixote,* mais aussi de ses autres œuvres. Deux éditions critiques de son deuxième roman parurent à deux années d'intervalle : celle au programme chez Penguin Classics en 2006 et l'édition de Dalziel, toujours chez Oxford University Press, en 2008, avec une introduction de Margaret Anne Doody.

Si toute la critique s'accorde sur l'importance de Lennox dans l'histoire littéraire ainsi que sur le rôle qu'elle joua dans l'évolution du roman en Grande-Bretagne au XVIIIe siècle et dans la prose inspirée de *Don Quichotte,* la fin du roman en particulier suscite un certain nombre de débats qui tournent autour de l'éventuel féminisme de Lennox et de la vision qu'elle propose de la guérison d'Arabella et de son mariage. Fin de sa folie, ou fin de l'illusion qu'elle peut avoir de l'importance et du pouvoir avec le triomphe de la société patriarcale ? Entrée dans le monde réel ou dissolution de son individualité féminine dans un monde masculin ? Les analyses stimulantes auxquelles donnent lieu ces questions témoignent de la richesse de l'œuvre, sur ce plan et sur bien d'autres, et nous ne pouvons qu'encourager les candidats à y apporter leur propre réponse, sans répéter ce qu'ils pourront lire ici ou là.

ANALYSES

THÉMATIQUES

DE LA PARODIE À LA SATIRE : POUR OU CONTRE LA ROMANCE ?

Que le terme soit pris dans son sens général de récit fictionnel en prose ou dans celui plus spécifiquement britannique de *novel*, le roman est caractérisé par sa souplesse et par son caractère protéiforme. Comme l'écrit Alain Bony :

> La caractéristique principale du roman en tant que mode littéraire est sa malléabilité, sa capacité à absorber les traditions génériques les plus variées, à recomposer ces traditions pour produire des formules narratives toujours renouvelées [...]. Sa fécondité thématique et formelle est telle que le concept de "genre" est certainement inadéquat, et largement inopérant, pour le décrire. [2004]

Aussi n'est-ce pas à partir *du* "genre" romanesque que nous aborderons *The Female Quixote* dans cette sous-partie, mais à partir *des* genres et des modes dont s'inspire le roman de Lennox. Cette pluralité n'a rien pour surprendre, surtout dans un roman du XVIIIe siècle. La conversation entre sir Charles, Glanville et sir George après le métarécit de ce dernier (livre VI, chapitre XI) offre en effet à la romancière l'occasion de dépeindre rapidement le monde littéraire de son époque tout en brossant un bref tableau de sir George en tant qu'écrivain, avec un pied dans le siècle précédent (il est auteur de tragédies et d'une épopée) et un autre dans son époque (il évoque la presse et a écrit des essais d'ordre moral) :

> It is pity you are not poor enough to be an Author [said Sir Charles]; you would occupy a Garret in *Grub-street*, with great Fame to yourself, and Diversion to the Public.
>
> Oh ! Sir, cried Sir *George*, I have Stock enough by me, to set up for an Author To-morrow, if I please: I have no less than Five Tragedies, some quite, others almost finished; Three or four Essays on *Virtue, Happiness*, &c. Three thousand Lines of an Epic Poem; half a Dozen Epitaphs; a few Acrostics; and a long String of Puns, that would serve to embellish a Daily Paper, if I was disposed to write one. (p. 286)

Être auteur au XVIIIe siècle supposait une certaine versatilité, dont témoigne, on l'a vu, la carrière de Lennox elle-même (v. Repères, Femmes et "histoire"), à une époque où le marché du livre, et plus généralement de l'édition, se développait considérablement. De nombreux romanciers avaient également commis des poèmes, même si en général ceux-ci n'étaient pas épiques ; certains cherchaient à atteindre gloire et respectabilité grâce à une tragédie, genre littéraire bien moins en vogue qu'au siècle précédent, mais encore auréolé d'un prestige que le jeune *novel* ne possédait pas – Smollett et Johnson, entre autres, ont écrit au moins une tragédie. Beaucoup en outre s'investissaient dans la presse périodique, soit en tant qu'éditeurs (Smollett et Johnson encore, mais aussi Lennox, et Defoe avant eux), soit en tant que contributeurs (Fielding, par exemple) ; quant à Richardson, il était par ailleurs imprimeur. La remarque de sir Charles au début est en outre parfaitement exacte : les carrières littéraires étaient financièrement peu rentables, comme Lennox put s'en rendre compte à ses dépens [GILROY, 2006], ce qui justifiait sans doute le besoin de diversification. Cette sous-partie va s'attacher à évoquer les courants littéraires les plus perceptibles dans *The Female Quixote*, à l'exception du théâtre qui sera abordé plus loin (v. Synthèses et perspectives, Le même et l'autre), pour examiner la manière dont le roman de Lennox, selon les termes d'Alain Bony, "absorbe [...] les traditions génériques les plus variées" et les recompose.

UNE PARODIE DE LA *ROMANCE*

Selon Clara Reeve dans *The Progress of Romance*, le traitement humoristique des romans précieux que propose Lennox dans *The Female Quixote* arrivait trop tard en 1752 car ils étaient alors passés de mode [GILROY, 2006], mais cela ne signifie pas qu'ils n'avaient pas laissé leur marque sur des écrivains qui avaient grandi avec eux, comme Johnson ou Lennox. Il est bon de garder à l'esprit que Lennox, née sans doute en 1729, avait lu et relu des *romances* et que son premier roman, *Harriot Stuart* (1750), doit beaucoup à ce type de romans dont l'empreinte n'avait pas disparu dans les années 1740 ; ce point aura son importance pour déterminer l'ampleur de la visée parodique indéniable de *The Female Quixote,* et pour la nuancer quelque peu. La connaissance encyclopédique des romans précieux dont fait preuve Arabella appartient bien à son auteur, qui avait dévoré les volumes de Scudéry et de La Calprenède. Cette connaissance intime se révèle essentielle pour la réussite de la parodie, que le *Penguin Dictionary of Literary Terms* définit ainsi (on parle également à ce sujet de "satire littéraire") :

> the imitative use of the words, style, attitude, tone and ideas of an author in such a way as to make them ridiculous. This is usually achieved by exaggerating certain traits, using more or less the same technique as the cartoon caricaturist. More simply, transformation of a previous work for comical effect. [1991]

Cette parodie se déploie en premier lieu dans le domaine linguistique.

"Plain English" et le langage de la *romance*

La dimension parodique du style dans *The Female Quixote* est soulignée par la voix narrative même, notamment dans le titre du chapitre I du livre VI, qui met en avant la notion d'imitation ("copy") : "in which the ingenious Relator has exactly copied the Stile of Romance" (p. 238). L'humour du roman repose en effet largement sur la rencontre entre le type de discours employé par Arabella, "the Language of Romance" (p. 47 et ailleurs), et celui, bien plus terre à terre, qu'utilisent les autres personnages comme Glanville, son père et sa sœur : "Plain English" (p. 209). L'attention du lecteur est souvent attirée sur la déviation par rapport à la norme augustéenne* que représente le langage d'Arabella, par l'intermédiaire de la voix narrative et de commentaires comme "as she called it" (p. 22) et ses variantes "as she called her/ them/...", ou bien encore, par exemple, "as Arabella phras'd it" (p. 382). La voix narrative s'approprie souvent ce type de langage (c'est là que se trouve proprement *l'imitation stylistique* caractéristique de la parodie), ce qu'elle indique régulièrement par des commentaires comme "as the Writers of Romance phrase it" (p. 178). D'autres personnages peuvent jouer le même rôle en soulignant l'écart entre les deux discours, notamment Mr. Glanville qui implore Arabella de s'exprimer différemment ("Speak in your own Language", p. 138), ou miss Glanville lorsqu'elle reprend un terme utilisé par sa cousine : "Heroes, or Jockeys, [...] call them what you please" (p. 102). Cela donne lieu à un certain nombre de quiproquos*, dans la mesure où de nombreux mots prennent un sens différent dans la bouche d'Arabella, par exemple "adventures". Lorsqu'elle parle d'une "aventure remarquable" ("a very notable Adventure", p. 90), elle pense à un événement digne de figurer dans l'histoire de miss Groves, tandis que, pour Mrs Morris, "meeting Adventures" signifie trouver un nouvel amant ("aventure" a la même polysémie en français moderne). Le terme donne lieu à plusieurs autres malentendus similaires dans le roman, d'abord avec miss Glanville dans le chapitre IX du livre II :

> Whence comes it, Cousin, added [Arabella], being so young and lovely as you are, that you, questionless, have been engaged in many Adventures, you have never reposed Trust enough in me to favour me with a Recital of them?
>
> Engaged in many Adventures, Madam ! returned Miss Glanville, not liking the Phrase: I believe I have been engaged in as few as your Ladyship. (p. 107)

Ce malentendu peut se prolonger sur plusieurs pages : il forme ainsi l'essentiel du chapitre VIII du livre VII, lorsque, à Bath, Arabella demande à Mr. Tinsel de lui conter les aventures des personnes présentes au bal. Il est finalement expliqué et pour un temps dissipé par la comtesse, qui connaît bien le langage des *romances* et qui peut faire office d'interprète :

> The Word Adventures carries in it so free and licentious a Sound in the Apprehensions of People at this Period of Time, that it can

> hardly with Propriety be apply'd to those few and natural Incidents which compose the History of a Woman of Honour. (p. 367)

Parmi les autres substantifs qui prêtent à confusion, mentionnons "Favour" (chapitre IX du livre II, p. 107-110, considération bienveillante ou marque de tendresse qu'une femme accorde à un homme), "servant" (p. 122, domestique ou chevalier servant, c'est-à-dire un amoureux), "squire" (p. 289, "A gentleman next in rank to a knight", selon le dictionnaire de Johnson ou écuyer) et "knight" (rang dans la hiérarchie sociale ou combattant qui se dévoue à une noble cause). Le sens de "knight" oscille en particulier dans les chapitres consacrés au métarécit* de sir George, notamment p. 249 : ses exploits en tant que "chevalier à l'armure noire" ("Knight in black Armour") sont remis en cause par le "bon chevalier" ("good Knight") qu'est sir Charles. Dans les trois derniers cas, le discours d'Arabella s'oppose à la structure sociale de son temps, ce qui fait s'affronter deux mondes – on y reviendra.

Le langage de la *romance* est le plus souvent employé dans une intention parodique. Deux exemples : quand Glanville, qui a un peu trop bu, se jette aux pieds d'Arabella pour lui baiser la main, il se lance dans une grande déclaration : "Let me perish [...] if I would not die to please you" (p. 147), avec non pas une mais deux hyperboles*, qui se contredisent (que je meure si je ne meurs pas, ou à peu près). La fin du chapitre VIII du livre II propose aussi une bonne illustration de cette parodie sous la forme du burlesque*, "a derisive imitation or exaggerated 'sending up' of a literary or musical work, usually stronger and broader in tone and style than parody", selon le *Penguin Dictionary of Literary Terms* [1991] (le terme sera défini plus précisément à la fin de cette même sous-partie) :

> ignorant, how kind Fortune was to him in balking his Designs, he was ungrateful enough to go away in a mighty ill Humour with this fickle Goddess: So little capable are poor Mortals of knowing what is best for them ! (p. 107)

Des expressions comme "kind Fortune", "fickle Goddess" et "poor Mortals", qui appartiennent à un style élevé, contrastent avec la réaction de sir George, "in a mighty ill Humour" – le dictionnaire de Johnson précise que l'usage adverbial de "mighty" appartient à un registre extrêmement familier ("Not to be used but in very low Language"). Le métarécit* de sir George est perçu comme parodique par tous les personnages qui l'entendent et qui s'en amusent, à l'exception d'Arabella, parce que, en fin connaisseur des *romances*, il en reproduit toutes les caractéristiques formelles.

Mais il révèle également qu'il ne maîtrise pas les valeurs véhiculées par les romans précieux : il n'attache pas d'importance à la fidélité envers une femme ou envers sa parole, ce qui conduit Arabella à lui interdire de paraître en sa présence. La *romance* ne se distingue donc pas seulement par la forme ; si certains passages peuvent donner l'impression, à juste titre, que les règles ("the Rules of Romance", p. 137) ou les lois ("the Laws of Romance", p. 160, entre autres) de la *romance* sont appliquées de manière quelque peu arbitraire et qu'elles semblent tourner à vide, celui-ci en particulier souligne que la *romance* s'appuie aussi sur un contenu dont il est plus délicat de déterminer dans quelle mesure il est ridiculisé. Pour reprendre la définition de la parodie donnée plus haut, les mots, le style, la tonalité ("words, style, tone") font sans aucun doute l'objet d'une parodie ici et à de nombreux autres endroits, mais il est moins certain que les idées ("ideas") des *romances* reçoivent le même traitement.

On peut également faire remarquer que, en ce qui concerne le style ou le vocabulaire, la parodie suscite souvent plutôt l'amusement que le ridicule ou la moquerie, c'est-à-dire que, si satire littéraire il y a, celle-ci ne cherche pas forcément à dévaluer son objet. L'usage du langage de la *romance* par la voix narrative doit à chaque occurrence être soigneusement analysé, si l'on veut en évaluer la portée. Ainsi, quand Lennox écrit : "to speak in the Language of Romance, she did not hate him" (p. 69), la litote* est bien humoristique, mais elle ne ridiculise pas ce style littéraire. Après tout, il s'agit d'apporter une information importante sur les sentiments de l'héroïne. D'autre part, des expressions typiques de la *romance* comme "the melancholy Fair-one" (p. 73) sont humoristiques, mais peuvent revenir sans être accompagnées d'un marqueur qui les mettrait à distance, comme "as she called it" ou "in the Language of Romance" ; la voix narrative les reprend à son compte. Et qu'en est-il de la référence constante à Arabella comme "notre héroïne" ("our Heroine") : est-elle parodique ? Ou bien du mot "adventure", qui apparaît dans quatorze titres de chapitres et dans le titre même du roman, ainsi d'ailleurs que dans le titre complet d'autres grands romans de la période comme *The History of the Adventures of Joseph Andrews* (1742) et *The Adventures of Roderick Random* (1748) ?

Et "history", qui revient souvent aussi, y compris dans le titre de l'avant-dernier chapitre, censé être le meilleur du roman ? S'il est indiscutable que le roman de Lennox est animé par une visée parodique, son emploi du registre de la *romance* ne peut pas être qualifié sans réserve de ridicule, ce qui tend à brouiller la différence entre les différents types de prose romanesque. L'analyse de ce brouillage constituera l'objet principal des pages qui suivent.

L'universel et le particulier

Les réflexions de la comtesse sur le mot "adventures" permettent de considérer cette question sous un autre angle. Les connotations licencieuses du terme se situent dans un cadre temporel défini : "[it carries] so free and licentious a Sound in the Apprehensions of People *at this Period of Time*" (p. 367, nous soulignons). Quant à l'action des héros, toujours selon la comtesse, elle ne peut qu'apparaître répréhensible, quand on l'envisage à l'aune des critères contemporains : "our *present* Notions of Honour, Justice, and Humanity" (p. 368, nous soulignons). La comtesse insiste sur la relativité du sens, qui évolue avec le temps, en raison de ce qu'elle appelle la coutume ("Custom"), à la même page. Dans la théorie saussurienne du signe*, on pourrait dire qu'elle met en évidence le caractère changeant du signifié correspondant à un signifiant, donc le lien arbitraire (puisqu'évolutif) qui existe entre les deux. À cela Arabella répond en termes absolus : "Custom [...] cannot possibly change the nature of virtue or vice" (p. 368). Signifié et signifiant, en d'autres termes réalité et représentation, sont intrinsèquement liés. C'est typique d'un personnage donquichottesque, comme le développe Wendy Motooka [1996] en s'appuyant sur la distinction entre une vision nominaliste du langage, avancée par la comtesse et d'après laquelle les concepts et les noms qui les désignent ne sont que des conventions (thèse aussi appelée "conventionnaliste"), et une vision qui est celle d'Arabella et que Motooka qualifie d'essentialiste, témoignant d'une forme de cratylisme, d'après le *Cratyle*, dialogue de Platon où le personnage éponyme expose une thèse "selon laquelle chaque objet a reçu une 'dénomination juste' qui lui revient selon une convenance naturelle" [Genette, 1976]. Pour Arabella, la nature du vice ou de la vertu, ce qui est la même chose que le nom qui leur est donné, ne saurait être soumise au changement. En d'autres termes, Arabella oppose l'universel et la permanence à la contingence et à l'historicité revendiquées par la comtesse, pour qui le sens et le langage évoluent parfois radicalement: "what was Virtue in those Days [...] is Vice in ours" (p. 368). Selon Motooka, c'est bien parce qu'Arabella et la comtesse ne parlent fondamentalement pas le même langage, malgré les similitudes, que la première ne peut être convaincue par la seconde, d'où la nécessité d'introduire l'homme d'Église dans l'avant-dernier chapitre. Quoi qu'il en soit, cette opposition permet d'articuler un paradoxe central dans *The Female Quixote* autour du mot *history* (on y revient encore et toujours) car Arabella, qui l'emploie pourtant fréquemment, reste cependant dépourvue de tout sens historique: "Do not the same Things happen now, that did formerly?", demande-t-elle (p. 296), sans faire la distinction entre son époque et celle de Clelia ou de la princesse Julia, dont elle souhaite copier les robes dans le livre VII. Dans le même ordre d'idées, Arabella ne fait pas non plus de distinction en termes d'aires géographiques, se référant indifféremment à des personnages venant de toutes sortes d'horizons, contrairement à la chauvine miss Glanville, qui, apprenant qu'Arabella lui cite en exemple une princesse lydienne, lui répond: "What signifies what Foreigners do?" (p. 211). Le roman dans son ensemble reflète cette tension entre absolu et relativité, immutabilité et temporalité, universalité et particularisme. Tout cela apparaît particulièrement dans la façon dont Lennox aborde l'espace et le temps.

En ce qui concerne *l'espace*, *The Female Quixote* commence en évoquant une cour, une couronne, un royaume ("court", "crown", "kingdom", p. 17), qui, comprenons-nous, sont britanniques, sans que cela soit jamais précisé. En quelques lignes, ces trois éléments sont remplacés par un château situé loin du monde, "in a very remote Province of the Kingdom, in the Neighbourhood of a small Village, and several Miles distant from any Town" (l'éloignement est souligné par "remote" *et* "distant"), château entouré d'un domaine auquel la comparaison avec l'Arcadie ("this Epitome of *Arcadia*", p. 18) confère une dimension pastorale * et une aura quasiment mythique, que renforce l'absence totale de détails géographiques: la province n'est pas nommée, les villes non plus. C'est dans ce château isolé, qui appartient davantage au *conte* qu'à un roman du XVIIIe siècle ancré dans son temps, que se déroulera l'essentiel du roman, sauf quand Arabella se trouve transplantée dans un environnement diamétralement opposé, celui des cités populeuses de

Bath, puis de Londres, dont la réalité référentielle surgit grâce, entre autres, à des toponymes* comme Vauxhall Gardens, où l'héroïne se rend dans le chapitre I du livre IX. L'*intemporalité* du château paternel est alors remplacée par la mode ("*fashion*", notamment p. 305) de la société, qui change à toute allure : "last Month's Taste [...] is quite out now", explique la modiste (p. 305). De même, aucun détail n'est donné sur le *passage du temps* dans les parties du roman qui se déroulent à la campagne. Les lecteurs ne savent pas à quel moment de l'année les événements ont lieu, ni combien de temps s'écoule entre eux, sinon de manière très vague : "Two *or three* Months rolled away" (p. 35, nous soulignons), "for *some* Months" (p. 75, nous soulignons), ce qui évoque encore l'univers du conte. Aucun nom de mois ni de jour de la semaine n'est mentionné, à l'exception d'un dimanche où Arabella est autorisée à aller à l'église (p. 20) ; le contraste avec l'ancrage dans le réel manifesté par les romans épistolaires de Richardson, dont chaque lettre ou presque comporte une inscription avec le jour et le mois, parfois même l'heure à laquelle elle a été rédigée, ne saurait être plus éclatant.

Le flou de ces références est encore accentué par le manque d'éléments naturels qui aideraient à situer tel ou tel chapitre à une saison plutôt qu'à une autre : les personnages se promènent régulièrement dans le jardin, il ne fait jamais chaud ni froid. Certes, il pleut une fois (livre V, chapitre VI), mais cela ne semble avoir de fonction que purement diégétique*, obligeant sir Charles à rester à l'intérieur et à écouter le récit de sir George (p. 237). C'est d'ailleurs seulement dans ce métarécit* qu'il est question de "neige", mais de manière métaphorique : Dorothea a ainsi des paupières de neige ("snowy lids", p. 243), et Philonice un teint plus blanc que la neige fraîchement tombée ("[t]he new fallen Snow", p. 275). De manière générale, surtout dans les six premiers livres, il n'y a aucun "effet de réel", selon l'expression de Roland BARTHES [1968] : aucun détail ne donne l'impression que le texte traite du monde réel. Tout cela appartient à l'univers non réaliste de la *romance*, de même que d'autres détails, comme le long tiret qui suit "The Marquis of ——" dans les tout premiers mots du roman (p. 17). L'effacement de son titre le prive de tout ancrage dans le réel. La même remarque vaut pour la comtesse ainsi que pour Arabella elle-même, qui, contrairement à Charlotte Glanville, n'est jamais appelée que par un prénom qui se termine par la lettre a, comme celui des héroïnes de romans précieux cités dans *The Female Quixote* (Julia, Clelia, Mandana, Cleopatra, etc.).

Ces deux manières de désigner un personnage, prénom d'une part contre nom propre de l'autre, prolongent l'opposition entre l'universel et le particulier. Comme l'explique Ian WATT :

> [...] the problem of individual identity is closely related to the epistemological status of proper names; for, in the words of Hobbes, "Proper names bring to mind one thing only; universals recall any one of many". Proper names have exactly the same function in social life: they are the verbal expression of the particular identity of each individual person. In literature, however, this function of proper names was first fully established by the novel. [1957]

C'est donc aussi, en termes littéraires, l'opposition entre *romance* et *novel* qui se joue ici.

UNE SATIRE DE SON ÉPOQUE

L'action de *The Female Quixote* se déroule dans un milieu largement aristocratique, avec son héroïne fille d'un marquis (titre situé entre duc et comte, c'est-à-dire très haut dans l'échelle de la noblesse) et riche héritière, qui fréquente des comtesses et autres personnages bien nés, loin de la structure sociale de l'Angleterre de 1752, que le développement du commerce en particulier faisait rapidement évoluer : marchands, commerçants, artisans peuplent ainsi les romans de Defoe, de Richardson ou de Smollett, mais brillent par leur absence chez Lennox, à de rares exceptions près, comme celle de la modiste anonyme de Bath qui disparaît en quelques paragraphes. En cela le milieu social du roman de Lennox rappelle celui des romans précieux. Pourtant, ces personnages aristocratiques et le tiret qui remplace leur titre évoquent aussi un autre genre de récit, bien plus en lien avec le monde réel de l'époque de Lennox : la *chronique scandaleuse* (en anglais : *chronique scandaleuse,* "scandalous chronicle" ou "secret history").

The Female Quixote et la chronique scandaleuse

Dans la lignée du *New Atalantis* (1709) de Delarivier Manley (ou Manly), dont le titre complet est *Secret Memoirs and Manners of Several Persons of Quality, of both Sexes, From The New Atalantis*, ces ouvrages sulfureux, très populaires au début du XVIIIe siècle, relatent les aventures généralement amoureuses des *people* de l'époque, personnalités riches et célèbres appartenant souvent à l'aristocratie. Eliza Haywood, que nous avions évoquée précédemment (v. Repères, Femmes et "histoire"), y était associée, ce qui explique en partie qu'elle n'ait pas joui d'une excellente réputation. Le nom de ces personnes de qualité n'apparaissait que sous la forme de ces fameux tirets suivant souvent une initiale, mais elles étaient si connues que chaque lecteur savait qui était visé. Lennox a ouvertement recours aux codes de la chronique scandaleuse à plusieurs endroits de son roman : l'histoire de miss Groves, maîtresse d'un noble, "The Honourable Mr. *L*——, Brother to the Earl of ——" (p. 93) semble tout droit sortie d'un de ces ouvrages, ainsi que les ragots colportés par Mr. Tinsel pendant le bal (livre VII, chapitre VIII, p. 311-312), ou ceux que s'échangent les dames lors de la première apparition d'Arabella à Bath :

> One remembered that Lady J—— F—— always wore her Ruffles reversed; that the Countess of —— went to Court in a Farthingale; that the Duchess of —— sat astride upon a Horse; and a certain Lady of great Fortune, and nearly allied to Quality, because she was not dignified with a Title, invented a new one for herself; and directed her Servants to say in speaking to her, Your Honouress, which afterwards became a Custom among all her Acquaintance; who mortally offended her if they omitted that Instance of Respect. (p. 299)

Le fait que, d'après les notes, aucune personne réelle n'ait été identifiée dans ces passages révèle que Lennox parodie ici les conventions de la chronique scandaleuse, au lieu de les utiliser. En fait, pour Catherine GALLAGHER, plutôt qu'aux romans précieux, ou à la *romance* plus généralement, c'est à la chronique scandaleuse que s'attaque Lennox dans *The Female Quixote* : "[Lennox's aim is to] make a clean break between the novel and its more immediate 'ancestor', the scandalous chronicle" [1994], comme le souligne également Amanda GILROY dans l'introduction de l'édition au programme [2006]. Le style des chroniques scandaleuses parodiait d'ailleurs déjà celui des romans précieux : "The *chroniques scandaleuses* of Behn, Manly, Heywood used the lofty diction of romance", écrit Catherine GALLAGHER [1994], ce qui rend difficile d'identifier précisément la cible de la parodie chez Lennox.

Entre le réel et l'idéal

En revanche, *The Female Quixote* mentionne parfois nommément des *personnes réelles*, comme Johnson, Richardson et le poète Edward Young, auteur de *The Complaint: or, Night-Thoughts on Life, Death, & Immortality*, paru entre 1742 et 1745 et qui connut un grand succès (p. 286) ; ou le plus célèbre acteur de son temps, David Garrick, ainsi que la soprano Giulia Frasi, dans un chapitre (chapitre III, livre IV) qui fait aussi allusion sans les nommer aux sœurs Gunning ("the Two celebrated Beauties"), ce que les contemporains de Lennox auraient sans nul doute relevé :

> How often have you and I, Sir George, pursued [Mr. Glanville], pitied the Condition of the few Men of Sense, who are sometimes among the Crowd of Beaux who attend the Two celebrated Beauties to all Places of polite Diversion in Town? For those Ladies think it a mortal Injury done to their Charms, if the Men about them have Eyes or Ears for any Object but their Faces, or any Sound but that of their Voices: So that the Connoisseurs in Music, who attend them to Ranelagh, must stop their Ears, like Ulysses, when the Siren Frasi sings; and the Wits, who gallant them to the Side-box, must lay a much greater Constraint upon themselves, in order to resist the Soul-moving Garrick; and appear insensible, while he is upon the Stage. (p. 171)

Non seulement cela situe *The Female Quixote* dans le monde réel et dans son temps, mais la critique véhiculée par cet extrait nous mène aussi à nous interroger sur la façon dont le roman de Lennox passe de la parodie à la satire et propose, au-delà de la satire littéraire, une satire sociale ancrée dans son époque. Avant de définir rapidement ce qu'est la satire et de voir comment Lennox l'utilise, revenons à la façon dont *The Female Quixote* peut ridiculiser les romans précieux et la *romance*.

Ici ou là, la voix narrative exprime une nette méfiance envers la *romance*, par exemple lorsque les idées d'Arabella, "Ideas of Glory,

Virtue, Courage, Generosity, and Honour", que celle-ci tire entre autres de l'exemple d'Oroondates, ne sont que des représentations erronées ("*false* Representations", p. 369, nous soulignons). En outre, *The Female Quixote* parodie les *topoi** de la *romance* aussi bien que son langage. On a évoqué plus haut (v. Repères, Femmes et "histoire") les instructions que donne Arabella à Lucy sur la manière dont il faut raconter son histoire (p. 144) ; pensons également à la scène où Glanville cherche à baiser la main d'Arabella en bafouillant des hyperboles ("Let me perish [...] if I would not die to please you", p. 147). Le roman se situe ici clairement dans le registre de la parodie, mais l'hésitation déjà notée à propos de certains termes et de certaines expressions susceptibles de dérision se prolonge à plusieurs niveaux. En effet, la voix narrative prend soin à plusieurs reprises de nuancer la moquerie apparente. Dans l'extrait suivant : "*Glanville* sat wrapt in Admiration at the Sight of so many huge Folio's written, as he conceived, upon the most trifling Subjects imaginable" (p. 65), le jugement négatif rendu sur les volumes est soigneusement attribué à Glanville et non à une narratrice omnisciente, et nuancé grâce à l'incise "as he conceived".

Plus profondément, c'est la continuité, plutôt que la rupture, entre *romance* et *novel* qui est soulignée à plusieurs endroits. Par exemple, sir George reconnaît la dette du second envers la première ("everything borrowed from Romance characters in all the new Novels that come out", p. 153), ce que confirme un critique comme Jerry BEASLEY : "In effect, the major novelists [Fielding, Richardson and Smollett] heightened and intensified the stories of their 'ordinary' characters and 'familiar' circumstances by importing some of the attitudes and strategies of romance" [1976]. Les deux formes romanesques sont même mises au même niveau par la voix narrative : "following the Custom of the Romance and Novel-Writers" (p. 206). Certains motifs de *The Female Quixote* ne sembleraient pas déplacés dans une *romance* : par exemple, Glanville est sur le point de mourir d'une grave maladie, mais guérit après qu'Arabella lui a ordonné de vivre – le lien entre les deux n'est pas explicitement causal, mais force est de constater que l'un suit l'autre, ce qui est assez savoureux. La fin du livre IX évoque particulièrement la *romance* avec son héroïne voilée (miss Glanville) et prise pour une autre (Arabella), ainsi que par son duel dramatique :

> Mr. Glanville, actuated by an irresistible Fury, cried out to Sir George to defend himself, who had but just Time to draw his

> Sword and make an ineffectual Pass at Mr. Glanville, when he receiv'd his into his Body, and fell to the Ground. (p. 400)

Glanville, qui auparavant avait déjà adopté le langage des héros de romans précieux ("Let me know my Crime. Yet may I perish if I am conscious of any towards you", p. 394), se comporte maintenant comme eux. Ces chapitres présentent de nombreuses "aventures", au sens qu'Arabella donnerait à ce terme.

Elle-même, comme le remarque Laurie LANGBAUER, est une véritable héroïne de *romance*, "an impossible paragon" [1990], qui partage les attributs de ses héroïnes préférées: "the Perfection of Beauty, Wit, and Virtue" (p. 174). Elle fait preuve de la même indifférence qu'elles envers sa toilette, s'habillant avec hâte et négligence ("Haste and Negligence"), c'est-à-dire avec indifférence ("Indifference"), au grand dam de miss Glanville, ce qui ne l'empêche pas d'être ravissante, "lovely and genteel" (p. 103). Comme le souligne la note, c'est là une caractéristique des héroïnes de *romance*, même si, on y reviendra (v. Outils, Exemple de sujet: l'art et la nature), le soin apporté à donner à ses boucles brunes une allure naturelle (p. 21) contredit quelque peu cette vision. Si le lecteur dispose de peu d'exemples des propos tenus par l'Arabella raisonnable, "the agreeable Sallies of her Wit and her fine Reasoning" (p. 62), qui sont le plus souvent mentionnés sans être détaillés, le plus frappant, son discours sur la raillerie, applaudi entre autres par sir Charles (livre VII, chapitre VI, p. 303), est en fait tiré d'un roman héroïque, *Artamène ; Ou, le Grand Cyrus*, de Madeleine et Georges de Scudéry. De plus, lors de certaines scènes où Arabella devrait susciter les moqueries, "the romance within the novel comes out of hiding," note Laurie LANGBAUER [1990]. C'est le cas dans les Vauxhall Gardens, quand l'héroïne se précipite au secours d'une prostituée qui n'en avait en fait pas besoin:

> the Charms of her Face, joined to the Majesty of her Person, and Singularity of her Dress, attracting every Person's Attention and Respect, they made Way for her to pass, not a little surpriz'd at the extreme Earnestness and Solemnity that appear'd in her Countenance upon an Event so diverting to every one else (p. 375-376)

Il y aura bien quelques rires ("scoffs", p. 376), mais la jeune femme concernée est, elle, remplie de respect envers Arabella ("mov'd to

Respect by the Dignity of her Appearance", p. 376). Le même scénario s'était produit auparavant à Bath, lorsque, là encore, la menace du ridicule fait place au respect :

> Scarce had the tumultuous Whisper escap'd the Lips of each Individual, when they found themselves aw'd to Respect by that irresistible Charm in the Person of Arabella, which commanded Reverence and Love from all who beheld her. (p. 307)

Cette vénération qui accompagne la simple apparition de l'héroïne pour la distinguer du commun des mortels est caractéristique de la *romance*.

Voilà qui nous mène à une question qu'abordent de nombreux critiques, et que les candidats peuvent se poser avec profit. Scott Paul Gordon la formule ainsi: "Need Arabella's misreading of romance convention be read as an attack on romance?" [1998]. Comme l'explique Gordon, un certain nombre de critiques sont en fait d'avis que, loin d'attaquer la *romance* de façon univoque, *The Female Quixote* en loue au moins certaines valeurs. Nous évoquions plus haut, à partir de la réaction d'Arabella au métarécit* de sir George, la distinction qu'il peut être bon de garder à l'esprit entre la forme, qui fait l'objet de la parodie, et le contenu, envers lequel l'intention humoristique est moins claire, si tant est qu'elle existe. Pour James Lynch, "Lennox [...] advocates a fictional world in which the qualities of love and fidelity – made into clichés in the heroic novel – find a more realistic though no less ideal, mode of expression" [1987]. Ce monde fictionnel reprendrait, en des termes moins ampoulés et plus adaptés à leur époque, les qualités mises en évidence dans la *romance* et qui sont mentionnées par Arabella dans le chapitre XII du livre I :

> [romances are] Books from which all useful Knowledge may be drawn; which gives us the most Shining Examples of Generosity, Courage, Virtue, and Love; which regulate our Actions, form our Manners, and inspire us with a noble Desire of emulating those great, heroic, and virtuous Actions, which made those Persons so glorious in their Age, and so worthy Imitation in ours (p. 64-65)

L'erreur, ou la folie, d'Arabella tient à ce qu'elle ne considère pas ces qualités comme un idéal, mais qu'elle croit possible d'imiter héros et héroïnes de *romance* dans le monde où elle vit.

Une satire sociale

Les valeurs prônées par Arabella, on l'a vu plus haut (v. Repères, *Don Quichotte*, *The Female Quixote* et le roman au XVIIIe siècle), ne sont pas celles de l'Angleterre géorgienne de Lennox, société dans laquelle s'épanouissent capitalisme, individualisme et consumérisme ; en d'autres termes, un monde où l'idéalisme est remplacé par le matérialisme sous une forme parfois assez sordide, comme le suggèrent entre autres les hommes attirés plus par la fortune d'Arabella que par ses qualités. Cette société est ridiculisée dans *The Female Quixote* au moins autant que la *romance*, par le biais du *mode satirique*. La satire* est en effet un mode plutôt qu'un genre littéraire : des pièces de théâtre, des essais, des poèmes peuvent tout aussi bien qu'un roman être satiriques. Le *Penguin Dictionary of Literary Terms* la définit ainsi : "a use of militant irony based on moral norms; aiming at reforming manners, it denounces moral shortcomings such as hypocrisy, pride and greed" [1991]. Dans son dictionnaire, Johnson insiste sur la censure, c'est-à-dire la critique sévère qu'exerce la satire, présentée comme "A poem in which wickedness or folly is censured". Satire et *romance* fonctionnent de façon opposée : d'une part, la satire cherche à mettre en garde le lecteur contre des défauts et, notamment dans une œuvre du XVIIIe siècle, des fautes d'ordre moral dont il faut se prémunir, tandis que les *romances*, selon Arabella, présentent des modèles de vertu qu'il convient d'imiter. En d'autres termes, la satire s'intéresse à ce qui est, à un monde imparfait qu'il faut réformer, tandis que la *romance* décrit ce qui devrait être : un monde idéal.

La tension entre ce qui est, le "monde réel", et ce qui devrait être, le "monde idéal" auquel aspire Arabella, est exprimée dans l'avant-dernier chapitre de *The Female Quixote :*

> [...] your Writers have instituted a World of their own, and [...] nothing is more different from a human Being, than Heroes or Heroines.
>
> I am afraid, Sir, said Arabella, that the Difference is not in Favour of the present World.
>
> That, Madam, answered he, your own Penetration will enable you to judge when it shall have made you equally acquainted with

> both: I have no Desire to determine a Question, the Solution of which will give so little Pleasure to Purity and Benevolence.
>
> The Silence of a Man who loves to Praise is a Censure sufficiently severe, said the Lady. (p. 423-424)

Dans cet extrait, l'ecclésiastique se range tacitement du côté d'Arabella ; son silence suggère que leur société est loin d'être parfaite, ce que confirment les éléments satiriques du roman. Si, dans les premiers livres, la satire s'exerce aux dépens d'Arabella (on y reviendra), dans les deux derniers livres où l'héroïne quitte son château pour Bath, Londres et Richmond, la cible s'élargit. Elle rencontre alors des personnages comme Mr. Tinsel, dont le nom ("tinsel" signifie "a kind of shining cloth", selon le dictionnaire de Johnson) révèle la superficialité qu'il symbolise : il aime ce qui brille. Les noms transparents sont courants dans la littérature du XVIIIe siècle (pensons par exemple à Mr. Allworthy dans *Tom Jones*, personnage extrêmement positif), en particulier dans les œuvres satiriques : la pièce *The School for Scandal* (1777), de Richard Brinsley Sheridan, met ainsi en scène des personnages comme lady Sneerwell ou Snake, qui portent parfaitement bien leur nom. Charlotte Glanville cite également avec approbation un commentaire d'un certain "Trifle", "my Lord Trifle" (p. 373), autre nom transparent – à noter cependant que ces noms transparents sont associés à d'autres genres comme l'allégorie, et n'ont donc pas forcément de portée satirique ; dans *The Female Quixote*, dans un bel exemple de cratylisme, le nom de l'héroïne, souvent appelée "Bella", correspond exactement, en faisant un détour par le français, à ce qu'elle est (v. Synthèses et perspectives, Lire (dans) *The Female Quixote*). La superficialité évidente de personnages comme Tinsel et d'autres plus importants, en particulier miss Glanville, est typique de celle qui affecte la société britannique dans son ensemble, depuis ses sphères les plus élevées. Quand Arabella va voir ce que la voix narrative présente, avec une *ironie* caractéristique de la satire, comme "the Splendour of the British Court" (p. 373), un endroit où elle devrait en théorie pouvoir contempler des princesses et des êtres supérieurs comme ceux qui peuplent ses romans préférés, elle ne paraît guère impressionnée : "[she] seem'd the whole Time she was there to have suspended all her Romantick Ideas of Glory, Beauty, Gallantry, and Love" (p. 374), ce qui implique que rien à la cour britannique n'évoque de près ou de loin ces notions de gloire, de beauté, etc. Dans un passage comme celui-ci, Arabella devient plutôt le vecteur que la cible de la satire.

The Female Quixote présente de nombreux va-et-vient entre parodie (littéraire) et satire (ici, au sens social) qu'il faut bien repérer, comme dans l'extrait suivant :

> As they were going home, Arabella, who longed to be better acquainted, entreated the fair Stranger, as she called her, to go to the Castle, and spend the Day with her; and she consenting, they passed by the House where she lodged, and alighted at the Castle, where Arabella welcomed her with the most obliging Expressions of Civility and Respect. The young Lady, though perfectly versed in the Modes of Town-Breeding, and nothing-meaning Ceremony, was at a loss how to make proper Returns to the Civilities of Arabella. The native Elegance and Simplicity of her Manners were accompanied with so much real Benevolence of Heart, such insinuating Tenderness, and Graces so irresistible, that she was quite oppressed with them; and, having spent most of her Time between her Toilet and Quadrille, was so little qualified for partaking a Conversation so refined as Arabella's, that her Discourse appeared quite tedious to her, since it was neither upon Fashions, Assemblies, Cards, or Scandal. (p. 86)

La parodie présente dans l'expression "the fair Stranger" et soulignée par "as she called her" fait bientôt place à la satire, alors qu'Arabella est comparée avec miss Groves. Les qualités qui caractérisent Arabella, "Civility", "Respect", "Simplicity", une bienveillance qualifiée de réelle ("real Benevolence of Heart"), s'opposent à la superficialité de miss Groves, incapable de dépasser le stade des apparences et des simagrées en usage dans la bonne société ("nothing-meaning Ceremony"). La satire ici s'appuie sur le contraste qui existe entre les adjectifs positifs par lesquels la voix narrative décrit Arabella et ses propos ("irresistible", "refined", etc.) et l'effet que ceux-ci produisent sur miss Groves, qui se trouve oppressée par tant de qualités ("she was quite oppressed"). La satire ne fonctionne bien sûr que parce que le lecteur est censé partager les normes morales qui sous-tendent un tel passage et considérer une conversation raffinée ou une vraie bienveillance comme supérieures aux sujets d'intérêt de miss Groves : les ragots, la mode ou les cartes.

Au-delà de miss Groves, c'est la vie menée par de nombreuses femmes de la bonne société, notamment à Londres, qui fait l'objet de la satire dans *The Female Quixote*, notamment à travers miss Glanville. La visée satirique du roman fut d'ailleurs identifiée dès sa parution, comme le montre cette remarque de FIELDING dans sa recension : "our Author hath taken [...] Care throughout her Work, to expose all those Vices and Follies in her Sex which are chiefly predominant in our Days" [1752]. Bien sûr, cette satire touche Arabella elle-même. Le schéma narratif que suit généralement *The Female Quixote* paraît mettre au cœur de son dispositif comique le comportement souvent risible de son héroïne : un chapitre en propose un exemple, le suivant décrit les réactions des autres personnages censés représenter le bon sens anglais du XVIIIe siècle. Le personnage est ainsi fréquemment rendu ridicule et son narcissisme (faute morale) pointé du doigt, comme dans le passage suivant :

> remembring that it was not uncommon for the Ladies in Romances to relax a little in their Severity through the Remonstrances of their Women, [Arabella] told [Lucy], with an inchanting Smile, that she would grant her Desire, and went to Bed with that pleasing Satisfaction, which every generous Mind experiences at the Consciousness of having done some very benevolent Action. (p. 30)

Le comportement d'Arabella est ridiculisé grâce au contraste entre les adjectifs très positifs ("pleasing", "generous", "benevolent", renforcés de surcroît par l'adverbe "very") utilisés ironiquement pour décrire la bonne opinion qu'elle a d'elle-même et le caractère futile de l'action évoquée, puisqu'il s'agit d'envoyer un billet à Mr. Hervey. Pourtant, si miss Glanville ne perd pas une occasion de se moquer de sa cousine, sir George n'est pas du même avis : "I think very highly of her Understanding; and though the Bent of her Studies has given her Mind a romantic Turn, yet the Singularity of her Manners is far less disagreeable that the *lighter Follies of most of her Sex*" (p. 225, nous soulignons). Plus encore qu'Arabella, ce sont en effet ses contemporaines qui subissent la veine satirique de Lennox.

Lennox brosse un tableau sans concession de la société britannique, en particulier de la vie urbaine, qui contraste avec le caractère pastoral du domaine du marquis et dont le caractère néfaste transparaît entre autres par l'effet produit par la ville de Londres sur la santé d'Arabella :

"the gross Air of the Smoaky Town affected her Health" (p. 381). Ce tableau n'épargne personne, hommes (Tinsel, Selvin, parfois sir Charles, on le verra dans la sous-partie suivante) et surtout femmes, avec une vision en général peu flatteuse du sexe féminin à laquelle seules échappent la comtesse et (le plus souvent) Arabella. Motivées par l'envie (péché capital, donc faute morale qui en fait une cible privilégiée de la satire), les dames de Bath par exemple deviennent les ennemies d'Arabella, en raison de sa beauté :

> Arabella's uncommon Beauty had gain'd her so many Enemies among the Ladies that compos'd this Assembly, that they seem'd to contend with each other who should ridicule her most. [... The Countess] resolv'd to rescue her from the ill-natur'd Raillery of her Sex [...]. (p. 362)

Le chapitre IX du livre VII propose sans doute l'exemple le plus mordant de satire, ce qu'il est impossible de ne pas remarquer puisqu'il est dit "satyrical" dans son titre (attention : il s'agit là d'une graphie fautive pour "satirical", dérivé du latin *satura* qui signifie "mélange". "At some stage a confusion came about between the Greek *satyros* and *satura* which led to the word being written *satyra* and then, in English, *satyre*", explique le *Penguin Dictionary of Literary Terms* [1991]). Le vecteur de la satire dans ce chapitre est une nouvelle fois Arabella, preuve que la satire s'exerce souvent par son intermédiaire, et non seulement à son encontre. Selon Catherine CRAFT, dans ce chapitre qui suit la description du bal à Bath, "Arabella offers a scathing critique of her cousin's activities which at the same time passes judgement on the pursuits of most mid-century women" [1991] :

> If the World, in which you seem to think I am but newly initiated, affords only these kinds of Pleasures, I shall very soon regret the Solitude and Books I have quitted.
>
> Why, pray? said Miss Glanville: what kind of Amusements did your Ladyship expect to find in the world? And what was there disagreeable in your Entertainment to-night? [...]
>
> I am of Opinion, replied Arabella, that one's Time is far from being well employed in the Manner you portion it out; and people who spend theirs in such trifling Amusements must certainly live to very little Purpose.

> What room, I pray you, does a lady give for high and noble adventures, who consumes her days in dressing, dancing, listening to songs, and ranging the walks with people as thoughtless as herself? How mean and contemptible a figure must a life spent in such idle amusements make in history? Or rather, are not such persons always buried in oblivion; and can any pen be found who would condescend to record such inconsiderable actions? (p. 315)

Le caractère frivole et purement superficiel de l'existence féminine décrite ici dépasse les cas isolés de miss Glanville et de miss Groves, ce qui apparaît clairement avec les jeunes filles que rencontre Arabella à Richmond : "she found only Miss *Glanville*'s among all she knew" (p. 382). Leur conversation insipide ("insipid", p. 382), qui, comme celle de miss Groves dans le passage cité plus haut, ne traite que de mode, de cartes et de ragots ("their Winnings and Losings at *Brag*, the Prices of Silks, the newest Fashions, the best Hair-Cutter, the Scandal at the last Assembly", p. 402), la dégoûte ("Arabella was [...] disgusted", p. 402), "disgust" étant un verbe très fort. Même si, dans le chapitre IX du livre VII, Arabella condamne les manières de ses contemporains, hommes et femmes, qui ne s'intéressent qu'à leur apparence et qui ne pensent qu'à se divertir (p. 315-317), la satire dans *The Female Quixote* semble donc s'exercer au premier chef envers les femmes. Elle s'exprime cependant à travers un personnage féminin, ce qui nous mènera ici à considérer les questions genrées, après un bref récapitulatif des procédés comiques à l'œuvre dans le roman.

LES FORMES DU COMIQUE DANS *THE FEMALE QUIXOTE*

The Female Quixote est en effet un roman à la tonalité résolument comique, ce qu'il convient de ne pas oublier notamment lors d'une explication de texte, même si tous les passages ne prêtent pas forcément à sourire, surtout dans le dernier livre. Le roman de Lennox suscite souvent le rire ou le sourire par un certain nombre de moyens qui seront ici rapidement détaillés, dans la mesure où un passage comique doit être analysé comme tel. Les procédés diffèrent ; certains relèvent ouvertement de techniques théâtrales, d'autres appartiennent au domaine du roman. Nous conseillons aux candidats de compléter les exemples ci-dessous par ceux qu'ils auront repérés eux-mêmes, ce qui sera un excellent moyen de s'approprier l'œuvre. Pour plus de clarté, la plupart des définitions (sans les exemples) sont également rassemblées dans le glossaire à la fin de cet ouvrage.

– *Burlesque* (*burlesque* ou *bathos* en anglais) : chute du sublime dans le trivial, dont l'opposé est l'héroï-comique (voir ci-dessous). La remarque de miss Glanville : "Heroes, or Jockeys, [...] call them what you please" (p. 102), appartient à cette catégorie. Autre exemple :

> Ah ! [...] unhappy Bellmour, what [...] hinders thee from boldly asserting thy just and natural Rights; and from defying the Usurper, who detains them from thee? What hinders thee, I say? What? Interrupted Sir Charles, why the Fear of a Halter, I suppose (p. 241-42).

L'envolée lyrique de sir George, qui se manifeste par l'utilisation archaïsante du pronom de la deuxième personne, une adresse à lui-même et des questions rhétoriques, est immédiatement suivie d'une réponse très prosaïque de sir Charles : chercher à s'approprier des terres appartenant au roi d'Angleterre peut en effet avoir des conséquences fâcheuses. La juxtaposition des deux plans est un ressort fréquent du comique dans *The Female Quixote*.

– *Comique de situation* (*situational comedy*) : l'effet comique est produit par un rebondissement dans la situation d'un personnage, comme dans le cas de l'arroseur arrosé : c'est ce qui arrive par exemple à Glanville, quand il prétend avoir lu le livre qu'Arabella lui a confié, et se voit confondu par la jeune fille (livre I, chapitre XII).

– *Farce** : comique souvent physique et peu subtil. Par exemple, dans le livre VII, chapitre XIII : "she rose from her Seat, and making a Sign to him not to follow her, which indeed he had no Intention to do, she quitted the Room" (p. 335). L'humour naît du contraste entre le geste sans doute majestueux d'Arabella et les intentions de Mr. Selvin. La scène du chapitre suivant où Arabella feint de s'évanouir, causant la stupeur des uns et la panique des autres, appartient aussi au répertoire théâtral de la farce (c'est également un *topos* du roman précieux et qui se retrouve, de manière générale, dans de nombreux romans de la période : Clarissa s'évanouit à plusieurs reprises, par exemple).

– *Héroï-comique* (*mock-heroic*) : style par lequel un sujet prosaïque ou trivial est traité sur le ton de l'épopée ou d'une façon sublime, dont l'opposé est le burlesque (voir ci-dessus). Le terme est employé dans *The Female Quixote* (livre IX, chapitre I), lorsque l'homme qui a fait semblant de provoquer en duel la jeune prostituée déguisée en homme, agenouillé à ses pieds, s'adresse à elle en des termes héroï-comiques ("in Mock-Heroicks", p. 376).

– *Hyperbole* (*hyperbole*) : exagération, langage typique de la *romance*. Souvent utilisé dans un but comique. Ainsi quand Glanville, en état d'ébriété, s'écrie : "Let me perish [...] if I would not die to please you" (p. 147).

– *Ironie* : très simplement, figure rhétorique dans laquelle le sens n'est pas celui des mots qui la composent. L'ironie peut être volontaire, c'est-à-dire que le lecteur perçoit le sens profond que le personnage a voulu donner à ses paroles (quand miss Glanville répond : "I suppose this is greatly to my Advantage too", p. 235, lorsqu'Arabella la compare à la princesse Julia, alors que toutes les comparaisons précédentes ont été peu flatteuses pour elle) ou la voix narrative à ses expressions, par exemple quand miss Glanville pose "tout à fait innocemment" une question qui cherche une fois encore à ridiculiser Arabella ("very innocently", p. 233) ; ou bien quand Mr. Selvin est qualifié de "sage" (p. 302). L'ironie peut aussi être involontaire de la part du personnage : le lecteur perçoit un sens qu'il n'a pas voulu donner à ses paroles. Ainsi, quand Arabella qualifie de "rationnels" les discours hyperboliques de sir George ("you speak very rationally upon these Matters", p. 167), alors que s'en dégage l'impression inverse. Ce type de langage est d'ailleurs qualifié d'extravagant par la voix narrative, dix pages plus loin : "extravagant enough to have made a reasonable Woman think he was making a Jest of her" (p. 178).

– *Jeu de mots* (*pun*) : utilisation amusante de la polysémie. Exemple :

> Arabella, making her Women place the Books upon a Table before her, opened them, one after another, with Eyes sparkling with Delight; while Glanville sat wrapt in Admiration at the Sight of so many huge Folio's written, as he conceived, upon the most trifling Subjects imaginable. (p. 65).

Ici, l'humour repose largement sur le double sens d'"admiration", que Johnson définit comme "the act of admiring or wondering". Le plaisir qui illumine les yeux d'Arabella peut mener le lecteur à prendre le terme dans son premier sens, mais la suite de la phrase nous fait réviser notre jugement : le comique se double ici d'un effet d'attente, puisque le sens d'"admiration" ne s'éclaire véritablement qu'à la lecture des quatre derniers mots, séparés du reste par une incise ("as he conceived"). Un jeu de mots peut aussi s'appuyer sur la prononciation. Sir Charles joue ainsi sur la proximité phonique entre *happy* et *haply* (qui signifie "peut-être") pour exprimer son indignation face à ce qu'il voit comme l'insensibilité d'Arabella :

> Shedding the last Drop of his Blood, haply ! repeated Sir Charles, excessively grieved; and, not a little enraged at Arabella, supposing she had introduced him into some Quarrel, It may be happy for you, Madam; but I am sure it will make me very miserable, if my Son comes to any Harm. (p. 182)

Enfin, le jeu de mots peut porter sur la juxtaposition du sens littéral et du sens figuré d'un terme ou d'une expression. Ainsi, lorsqu'Arabella prend au pied de la lettre l'exclamation de Lucy: "he will be ready to die for Joy, when he sees you" (p. 207) et qu'elle répond, en soupirant: "there must be proper Precautions used to prevent those Consequences, which the sudden and unexpected Sight of me may produce" (p. 208). Ce type d'humour est très fréquent dans le roman.

- *Quiproquo* (ou malentendu, *misunderstanding*) : un mot ou une expression peut être pris dans un sens différent par les personnages, ce qui est souvent le cas du vocabulaire typique de la *romance* (on l'a vu ici), pour des termes comme *favour* ou *adventure*. Le malentendu peut aussi porter sur une situation plus large. Ainsi au livre VII, lorsqu'Arabella, Mr. Selvin et Mr. Tinsel n'accordent pas la même signification au mot *offence*, ce qui déclenche des malentendus en cascade : pour la jeune fille, il s'agit de lui parler d'amour, tandis que les messieurs se croient accusés de donner la préférence à miss Glanville. Dans *The Female Quixote,* comme ici, ce dernier type de malentendu est généralement prolongé par des interruptions qui empêchent l'éclaircissement d'avoir lieu, comme au chapitre V du livre V, où sir Charles ne parvient pas à terminer ses phrases (p. 231). Lennox ajoute une note d'auteur amusante (p. 393) pour expliquer l'intérêt de l'ambiguïté sur un plan narratif, dans la mesure où celle-ci ("the Ambiguity of her Stile", p. 396) se prête admirablement bien au malentendu, et permet donc de multiples rebondissements.

MASCULIN / FÉMININ

"Of course the ideal woman in eighteenth-century society is the woman about whom there is nothing to say", écrit Jane SPENCER [1986] : la femme qui n'a pas d'histoire, ici la comtesse. Sans titre qui pourrait lui conférer une quelconque individualité, la comtesse propose à Arabella le modèle de ce que doit être la vie d'une femme bien née, avant de quitter le roman de Lennox aussi vite qu'elle y est apparue. Que faire de ce modèle ? Pour le dire en termes un peu directs, pouvons-nous considérer que Lennox a écrit son roman pour démontrer qu'une femme ne doit pas avoir d'"histoire" ? La rapidité avec laquelle disparaît la comtesse, aussi admirable soit-elle, suggère que les choses ne sont bien sûr pas aussi simples. Dans cette sous-partie, nous examinerons comment *The Female Quixote* aborde les représentations du masculin et du féminin, sans répondre, disons-le d'emblée, à la question qui intéresse de nombreux critiques et qui porte sur l'éventuel féminisme de Lennox. Pour le formuler avec Patricia Meyer Spacks, deux grandes directions se dessinent quant à l'interprétation de *The Female Quixote*, en particulier sa fin. Dans le premier cas, Arabella est dans l'erreur et sa folie doit être guérie pour qu'elle puisse prendre sa place dans la société de son temps ; la fin est heureuse. La seconde interprétation voit l'héroïne vaincue par la puissance de la tyrannie patriarcale, renonçant à sa volonté de pouvoir et surtout de sens ("abandon her dream of creating meaning, interest, and power beyond the domestic sphere" [MEYER SPACKS, 1988]) pour subordonner son désir à celui d'un homme dans le mariage, dans une fin qui frôle le tragique :

> The account of a misguided and foolish girl restored to sanity by male authority corresponds to traditional readings of the novel, to the interpretations of such early admirers as Johnson and Richardson, and probably to Lennox's conscious intention. The second summary, about a young woman who relies on romance as a means for self-assertion but who eventually finds

herself forced into self-suppression and social compliance, registers a kind of awareness encouraged by feminist thought. [MEYER SPACKS, 1988]

Vision conservatrice dans le premier cas, davantage subversive dans le second, mais entre lesquelles il est difficile de trancher, car de nombreux arguments allant dans un sens ou dans l'autre doivent au minimum être nuancés. Nous encourageons les candidats, comme toujours, à se forger leur propre opinion, qui n'a d'ailleurs pas à aller clairement dans un sens ou dans l'autre, en gardant à l'esprit ce besoin de nuance.

CONTEXTUALISATION : LA "QUESTION FÉMININE"

Le XVIIIe siècle, aussi connu comme l'âge des Lumières, est une époque où le monde, notamment le vivant, animaux et végétaux, est exploré, analysé, classé en catégories par des scientifiques animés par une démarche taxonomique. C'est ainsi que, en 1758, dans la Xe édition de son *Systema naturae* (1e édition : 1735), le botaniste danois Carl von Linné donna à l'être humain sa qualification de *sapiens*, sage, raisonnable. Car l'homme était un objet d'études comme les autres ; l'homme, et *la femme*, longtemps considérée sur le plan anatomique comme une sorte d'homme inversé (les organes génitaux féminins étaient vus comme une reproduction à l'intérieur du corps des organes extérieurs masculins). Cette conception, qui représentait l'une des explications données à son infériorité (l'anatomie de la femme est celle de l'homme, mais à un degré inférieur de développement), fut largement battue en brèche au XVIIIe, menant l'historien Thomas LAQUEUR à écrire :

> Sometime in the eighteenth century, sex as we know it was invented. The reproductive organs went from being paradigmatic sites for displaying hierarchy, resonant throughout the cosmos, to being the foundation of incommensurable difference: 'Women owe their manner of being to their organs of generation, and especially to the uterus', as one eighteenth-century physician put it. [1992]

L'ouvrage de Laqueur repose sur la thèse selon laquelle les conceptions anatomiques du masculin et surtout du féminin dépendent, de l'Antiquité à nos jours, de présupposés idéologiques ; tel était bien sûr également le cas à l'époque de Lennox. Pour citer encore LAQUEUR :

> [In the 18th century] the bodies of women – the perennial other – [...] became the battleground for redefining the ancient, intimate, fundamental social relation: that of woman to man. Women's bodies in their corporeal, scientifically accessible concreteness, in the very nature of their bones, nerves, and most important, reproductive organs, came to bear an enormous new weight of meaning. [1992]

On reviendra plus loin (v. Synthèses et perspectives, Lire (dans) *The Female Quixote*) sur ce poids sémantique attaché au corps féminin, notamment au corps d'Arabella, même sans mentionner les organes reproducteurs ; ce dernier point serait inenvisageable dans un roman qui se voulait un tant soit peu respectable à l'époque de Lennox, de surcroît écrit par une femme, mais il peut être intéressant de se rappeler que *The Female Quixote* parut trois ans après la publication de *Fanny Hill, Memoirs of a Woman of Pleasure*, de John Cleland (1748-49), alors considéré comme l'un des premiers romans pornographiques. Remarquons simplement à ce stade que le corps d'Arabella se voit investi d'une grande valeur symbolique et culturelle, particulièrement lors des deux scènes où elle paraît en public à Bath (livre VII, chapitres IV et VII). Cependant, tel est déjà le cas au début du roman : "All the Beauties of her Neck and Shape were set off to the greatest Advantage by the Fashion of her Gown, which, in the Manner of a Robe, was made to sit tight to her Body; and fastened on the Breast with a Knot of Diamonds" (p. 21). Le corps, étroitement contenu dans la robe ("sit tight") qui le met en valeur, témoigne aussi du statut social d'Arabella, dont la poitrine s'orne d'un nœud en diamants qui attire l'attention sur elle – et sur sa richesse.

À l'époque de Lennox, l'infériorité sociale et ontologique des femmes sur laquelle reposent les fondements de la société patriarcale ne pouvait donc plus être justifiée par une conception du féminin comme "brouillon" du masculin, ce qui entraîna, parmi d'autres facteurs, un effort de redéfinition persistant tout au long du siècle autour de ce que Mary POOVEY, entre autres, appelle "the 'woman question'" [1984], la question féminine. L'évolution de la société a influencé cette redéfinition, avec notamment un changement du statut social de la femme de bonne famille au cours du XVIIIe siècle et encore au XIXe, en lien avec les répercussions de la Révolution industrielle. Cette évolution remet en cause son rôle dans la société et de manière plus générale sa perception même, l'associant de plus en plus à la sphère domestique, tandis que la sphère publique devient dans une large mesure le domaine réservé des hommes. Comme l'explique Jane SPENCER :

> The increasing separation of home from workplace in the late seventeenth century and the eighteenth century laid the foundations for a new bourgeois ideology of femininity, according to which women were very separate, special creatures. [...] In the eighteenth century [...], women were more highly valued, but also more confined to a special feminine sphere, as guardians of the home and of moral and emotional values. [1986]

"Women were not inferior, men gallantly assured them, just different", conclut Jane SPENCER [1986], différence qui est détaillée dans de nombreux volumes, sermons, discours, notamment dans des livres de conduite dont le développement s'accélère au cours du XVIIIe siècle jusqu'à son apogée, dans les dernières décennies. Enfin, Catherine GALLAGHER évoque l'évolution de la sensibilité au milieu du siècle et les répercussions sur la définition du féminin, avec le passage entre deux modèles discursifs : "on the 'before' side is the aristocratic model of woman, political, embodied, superficial, and amoral; on the 'after' side is the middle-class model, domestic, disembodied, equipped with a deep interiority and an ethical subjectivity" [1994]. Le premier modèle correspond en particulier à celui des chroniques scandaleuses, tandis que le second appartient plus proprement au *novel*, notamment à celui défini par Richardson (le lien entre le développement du *novel* est la mise en place d'une nouvelle perception du féminin est analysé particulièrement par Nancy Armstrong dans *Desire and Domestic Fiction. A Political History of the Novel*, Oxford, Oxford University Press, 1987).

L'effet des changements sociaux sur les conceptions genrées du masculin et du féminin au XVIIIe siècle est profondément lié à une autre raison, d'ordre culturel, voire philosophique, qui n'est pas spécifique à l'époque et que nous ne ferons qu'esquisser ici : la femme est vue comme l'autre de l'homme, "the perennial other" [LAQUEUR, 1992], "the inscrutable Other" [POOVEY, 1984]. Son désir inspire la peur depuis des millénaires et doit absolument être contenu et maîtrisé, dans l'idéal, pour être dirigé vers un objet socialement acceptable, dans une perspective hétéronormée ; dans la société de Lennox, cet objet consiste en un partenaire du même milieu, partageant les mêmes valeurs, comme celui qu'épouse la comtesse avec l'approbation de ses parents. En d'autres termes, le désir féminin doit être canalisé vers un objet qui permettra la persistance de la structure sociale. D'où l'importance de cette question, au XVIIIe siècle : plus encore qu'aux époques précédentes, les femmes sont considérées comme la pierre angulaire d'une société que transforme profondément le développement spectaculaire du commerce. C'est par le mariage, dont le rôle au XVIIIe siècle, pour une femme de bonne famille, reste fondamentalement social, qu'est permise la transmission du capital et de la propriété, élément fondamental que Mary POOVEY décrit ainsi : "the source of present income, the measure of social prestige, the basis of political power, and the legacy that carried a man's name beyond his grave" [1984]. La stabilité de cette société en pleine mutation repose donc sur les femmes, héritières à épouser pour faire circuler argent et propriétés, qui donneront des enfants afin de transmettre lesdits argent et propriétés. De là la nécessité de maîtriser leur corps et leur désir, et l'apparition de nouvelles valeurs considérées comme essentielles pour les femmes, plus qu'aux époques précédentes : chasteté, fidélité, obéissance.

Ces valeurs n'étaient pas nouvelles, mais elles prennent au milieu du siècle une importance fondamentale et, chose nouvelle, elles sont alors considérées comme féminines par essence (la femme est par nature chaste, fidèle, obéissante, etc.) ; il s'agissait, rappelons-le, d'essayer de trouver une nouvelle définition de la "nature" féminine, conçue comme différente de la norme que représente la "nature" masculine. En s'appuyant sur des sermons ou sur des livres de conduite, écrits aux XVIIe et au XVIIIe siècles par des hommes comme par des femmes, Mary Poovey met en évidence un certain nombre d'attentes propres aux femmes, qui dépendent pour beaucoup d'un renoncement à avoir des désirs qui leur soient propres : "women's behavior must significantly differ from that of men, who express their own wishes, make their own choices" [POOVEY, 1984]. Les femmes doivent subordonner leur désir à celui des hommes, ce qu'elles sont censées faire naturellement, et faire preuve d'une vertu cardinale : l'oubli de soi, "self-effacement" [*ibid.*], lié à une passivité vue comme ontologiquement féminine et s'opposant à l'activité masculine. C'est là une caractéristique essentielle des héroïnes admirables dans le roman du XVIIIe siècle et au-delà ; Elizabeth Lavenza dans *Frankenstein* (1818), par exemple, est dite "forgetful of herself", ce qui lui vaut la gratitude et l'approbation de tous [SHELLEY, 1994]. Si Arabella refuse pendant la plus grande partie du roman de subordonner son désir à celui de son père puis de Glanville, son attitude au chevet de son père mourant, "[her] extreme Tenderness [...], her anxious Solicitude, her pious Cares, and never-ceasing Attendance [...] her Care and Assiduity", se pliant à tous ses caprices ("[she] bore all the pettish Humours of a sick Man with a surprizing Sweetness and Patience", p. 75), montre qu'elle possède cette qualité essentielle pour une femme à son époque et qu'elle est capable de faire passer le bien-être d'autrui, plus particulièrement d'un homme, avant le sien. Glanville ne s'y trompe pas, qui voit son affection pour elle se renforcer à cette occasion : "her pious Cares [etc.] were so many new Charms, that engaged the Affection of *Glanville* more strongly" (p. 75). Arabella est semblable en cela à la comtesse, qui disparaît pour s'occuper de sa mère malade. "Her Spirits, which the Desire she had of being useful to him, had alone supported, now failed her at once", commente la voix narrative après le décès du marquis (p. 76) ; l'épuisement causé par ses soins incessants la plonge dans un état préoccupant ("she was in great Danger, from her extreme Weakness", p. 76), car sa santé ne compte pas, quand son père est en danger. On n'est pas loin ici de la notion de sacrifice personnel, à laquelle les femmes sont encouragées à l'époque et qui, dans une perspective féministe, annonce la fin du roman avec le sacrifice des désirs d'Arabella.

Sur d'autres points cependant, Arabella ne se conforme pas au comportement attendu d'une femme à son époque. Comme souvent, une conversation entre miss Glanville et Arabella (livre III, chapitre VI) permet la mise en évidence d'une *tension entre deux conceptions opposées*, miss Glanville représentant la position dominante au milieu du XVIIIe siècle. Entre autres sujets abordés, celui de la réputation d'une femme, plus précisément d'une "lady", c'est-à-dire d'une femme d'un rang social élevé. Là où miss Glanville souligne que les incitations au meurtre qu'Arabella impose à Glanville nuiront à sa réputation à elle ("the World would be very free with its Censures on your Ladyship's Reputation, for putting him upon such shocking Crimes", p. 151), Arabella répond que c'est précisément cela qui fera sa gloire : "the good

Reputation of a Lady [...] depends [...] upon the Noise and Bustle she makes in the World" (p. 151). Comme la note l'indique, cela va à l'encontre de l'injonction de discrétion faite aux femmes de son époque ; la gloire à laquelle aspire Arabella s'oppose complètement à l'oubli de soi censé caractériser une femme. Bien sûr, ces contrastes sont source d'humour ; ainsi, lorsqu'Arabella envisage de rendre visite à sir George, censément sur son lit de mort, ce que miss Glanville, suivant les règles du décorum réglant la conduite des femmes, condamne ("no Woman, who has any Reputation at all, will be guilty of taking such Liberties", p. 210). Mais il est possible que cette insistance sur le contraste entre les contraintes qui pèsent sur les femmes dans les romans héroïques (par exemple, ne pas permettre à un homme de lui parler d'amour, ne pas recevoir de lettre d'un soupirant, p. 210) et celles qui concernent les contemporaines d'Arabella (ne pas rendre visite à un homme dans sa chambre, être aussi discrète que possible, etc.) constitue pour Lennox un moyen de mettre en lumière l'arbitraire de ces *diktat* dans les deux cas, ou du moins de les interroger en soulignant leur caractère relatif, d'autant que les attendus qui pèsent sur les femmes au milieu du XVIIIe siècle sont exprimés dans le roman par Charlotte Glanville, qui fait souvent l'objet d'une satire sociale mordante, on vient de le voir, et dont le statut de modèle apparaît par conséquent bien douteux, davantage que par l'évanescente comtesse.

Le débat critique sur le possible féminisme de Lennox se cristallise souvent autour de ce dernier personnage, pris comme exemple ou comme contre-exemple, ainsi qu'autour de la fin du roman (fin de la folie d'Arabella, ou extinction de son individualité). On fera simplement remarquer ici que, sur de nombreux points, Lennox propose une *réflexion oblique sur la place des femmes dans la société patriarcale de son temps*, sur le mariage, sur les dangers réels qui les menacent et dont l'histoire de miss Groves en particulier fournit un exemple, sur les discours idéologiques qui concernent les jeunes filles et qui sont entre autres véhiculés par les livres de bonne conduite, discours qui contrastent avec les descriptions plus réalistes que propose le roman. Ainsi Arabella, furieuse contre son cousin, n'arrive pas à croire qu'il ose rester en sa présence, ce que la voix narrative commente ainsi : "instead of deprecating her Wrath, he looked with a smiling Wonder upon her Eyes, as if he did not fear their Lightnings would strike him dead" (p. 46). La Vertu Outragée lance des regards dont le courroux devrait suffire au minimum à plonger l'imprudent dans la confusion. En fait, même si Arabella n'a évidemment pas pu lire les célèbres *Sermons to Young Women* de James Fordyce, parus en 1766, elle attend de Glanville la même réaction que celle que décrit FORDYCE dans le passage suivant, et qui reprend la métaphore de la foudre (*lightning*) :

> Worth and understanding confer a consequence that is seldom in danger of being despised. She who shows a just sense of what belongs to her as a woman, and as a Christian, will engage respect without seeking to command it. From her a word, a look expressive of virtuous disdain, will dash the boldest offender, if not uncommonly obdurate indeed. Nor can she probably be often obliged to bear the company of a wretch, who is proof against the lightning of excellence provoked. [1766]

Glanville ne saurait guère être qualifié de "obdurate" ; néanmoins, le résultat attendu ne se produit pas, pas plus qu'il ne se produit dans le cas de Clarissa, dont la vertu exemplaire n'empêche pas le libertin Lovelace de la violer, ni dans celui, moins tragique, d'autres héroïnes comme Pamela, Sophia Western ou l'Evelina de Burney dans le roman du même nom (1778) : toute sa vertu et toute son innocence ne suffisent pas à calmer les ardeurs de divers soupirants un peu trop empressés. La femme vertueuse, selon Fordyce et bien d'autres, devrait susciter les mêmes réactions qu'une héroïne de roman précieux pour Arabella, ce qui peut sembler à première vue paradoxal mais qui, finalement, souligne bien le caractère irréaliste du type féminin érigé en modèle par l'idéologie de l'époque. On y reviendra (v. Outils, Exemple de sujet : l'art et la nature).

UNE DOMINATION PATRIARCALE

La société décrite dans *The Female Quixote* est éminemment patriarcale, ce qui n'a rien de surprenant. Comme le terme l'indique, une société patriarcale est une société de pères ; aux yeux de la loi, à quelques rares exceptions près (veuve, ou héritière de plus de 21 ans), une femme est une perpétuelle mineure qui dépend de l'autorité d'abord du père, puis du mari. Comme l'explique le juriste William Blackstone, contemporain de Lennox, dans ses célèbres *Commentaries on the Laws of England* (1765) :

> The husband and wife are one person in law; that is, the very being or legal existence of the woman is suspended during the marriage, or at least is incorporated and consolidated into that of the husband; under whose wing, protection, and cover, she performs every thing.

Une épouse n'agit que sous le couvert de son mari ; son existence même ("very being") disparaît, en accord avec les conceptions que l'on vient de voir, puisque l'existence de la femme doit tourner autour de celle de l'homme. Dans une perspective féministe, on peut d'ailleurs comprendre l'intérêt pour Arabella de se donner pour modèle des romans précieux qui se terminent certes le plus souvent par un mariage, mais au bout de plusieurs milliers de pages et d'un certain nombre d'années diégétiques [voir ALLISTON, 2011] : elle repousse ainsi le moment où elle n'aura plus d'existence propre et singulière, et ce malgré les sentiments qu'elle éprouve pour Glanville. Burney lui fera écho dans *Evelina*, dont l'héroïne cherche par tous les moyens possibles à repousser un mariage qu'elle désire pourtant ardemment, et qui aura le même effet.

C'est un monde d'hommes, comme en témoigne une remarque de la voix narrative au début de l'œuvre : "the Insensibility of Mankind, upon whom her Charms seemed to have so little Influence" (p. 20). Le paragraphe suivant évoque les conquêtes ("Conquests") et les foules d'adorateurs ("Croud of Adorers") qui devraient chercher à obtenir sa main, et qu'Arabella considère comme son dû. Cela confirme, si l'on en doutait, que "mankind" dans la citation est à prendre dans son sens restreint de "genre masculin", comme si les femmes n'étaient pas intégrées au "genre humain" – sens beaucoup plus commun du terme. Cette domination sémantique se double évidemment d'une domination sociale, faisant courir aux femmes des *dangers* qui apparaissent de manière furtive, mais bien réelle, dans le roman de Lennox. Miss Groves est ainsi séduite, puis abandonnée par un homme qui nie lui avoir promis le mariage, et qui la calomnie : "[he] never scrupled to say, when he was questioned about it, That he found MISS *Groves* too easy a Conquest to make any Perjury necessary" (p. 95). Cet homme dispose ensuite de sa fille à sa guise, sans en informer la mère (p. 95). Miss Groves est condamnée par tous alors que son séducteur prospère, motif que prolongent les ragots colportés par Mr. Tinsel dans le chapitre VIII du livre VII : ceux-ci ne concernent que des femmes, dont la réputation constitue la cible privilégiée des malveillants. Dans la société décrite dans le roman, l'infidélité envers une femme est chose commune et peu, voire pas condamnable, comme en témoigne la facilité avec laquelle, dans son métarécit*, sir George passe de "Dorothea" à "Sydimiris", puis à "Philonice", tout en faisant par ailleurs la cour à Arabella elle-même, ce qui conduit l'héroïne à parler de "often prostituted Vows" (p. 285 – Johnson définit le verbe *prostitute* comme "sell to wickedness"). L'épisode de la prostituée rencontrée à Vauxhall Gardens (livre IX, chapitre I) entre alors dans un réseau lexical et thématique avec l'histoire de miss Groves, autre femme déchue, et celle racontée par sir George. Même si les événements qui ont conduit cette jeune femme à se prostituer ne sont pas relatés, son comportement respectueux à l'égard d'Arabella et la plaisanterie de mauvais goût dont elle fait l'objet mènent le lecteur à la ranger dans la seconde des catégories identifiées par Amanda GILROY dans l'introduction de l'édition au programme, celle des victimes [2006], d'autant plus que l'homme qui devrait la protéger est aux abonnés absents. Lorsqu'Arabella lui demande de lui conter l'histoire de ses malheurs ("the History of your Misfortunes", p. 377), les contemporains de Lennox avaient sans doute en tête les écrits compatissants de Johnson ou de Richardson [GILROY, 2006] et les récits de calamités qui poussaient un certain nombre de femmes en dernier lieu vers la prostitution, même si ces "malheurs" ne sont sûrement pas ceux auxquels pense Arabella.

Quant à la menace d'enlèvement et de viol qui parcourt le roman et que l'ecclésiastique de l'avant-dernier chapitre traite par le mépris ("Can it be imagined that any Man would so rashly expose himself to Infamy by Failure, and to the Gibbet by Success?", p. 415), elle est elle aussi bien réelle : Arabella se retrouve sans en avoir conscience au pouvoir d'un homme, "extremely glad at having so beautiful a Creature in his Power" (p. 121), qui cherche à la ramener en toute hâte chez lui et qui n'en est empêché que parce que son véhicule a versé. La fréquence de ce motif chez les romanciers de l'époque (Pamela, Harriet Byron dans *Sir Charles Grandison*, Narcissa dans *Roderick Random*, Fanny dans *Joseph Andrews* et Sophia Western échappent de justesse au viol, que subit en revanche Clarissa) montre qu'il ne s'agit pas seulement d'un fantasme de la part d'Arabella, soit que ces romans offrent un reflet plus ou moins exact du monde réel, soit que l'imagination des plus grands auteurs de la période rejoigne celle de la jeune fille. En outre, la probabilité qu'un gentilhomme lui vienne en aide en cas de besoin est faible. Fielding en joue d'ailleurs dans *Joseph Andrews*, lorsque les plaintes de Fanny, enlevée par un capitaine, sont ignorées par le cavalier qui pourrait la sauver :

> A Horseman now appeared in the Road, upon which the Captain threatened her violently if she complained; however, the moment they approached each other she begged him with the utmost Earnestness to relieve a distressed Creature who was in the Hands of a Ravisher. The Fellow stopt at those Words, but the Captain assured him it was his Wife, and that he was carrying her home from her Adulterer. Which so satisfied the Fellow, who was an old one (and perhaps a married one too), that he wished him a good Journey, and rode on. [1999]

Cette parenté littéraire éclaire d'un jour ironique les espoirs d'Arabella d'être secourue, et sa confiance envers la générosité et le courage de ses contemporains : "if any Attempt should be made upon their Liberty, some generous Cavalier would pass by who would rescue them; A Thing so common, that they had no Reason to despair of it" (p. 413). Le "so common" d'Arabella en particulier souligne, par antiphrase*, le caractère improbable d'une telle aide. Enfin, l'attaque menée contre le carrosse d'Arabella alors qu'elle se rend à Bath avec son oncle et ses cousins (livre VII, chapitre II) prouve bien que le danger rôdait dans la société du XVIIIe siècle, bien que, dans ce dernier cas, il ne concerne pas particulièrement les femmes, les bandits en ayant davantage après l'argent de tous qu'après la vertu de l'héroïne.

Si la position d'Arabella est bien sûr plus confortable que celle de miss Groves, la jeune fille est aussi largement soumise aux décisions de son père. Dans l'univers fictionnel de *The Female Quixote*, les *mères* sont largement absentes : celle d'Arabella disparaît dans les premières pages, celle de Glanville est à peine mentionnée (p. 57), et seulement en tant que sœur du marquis. Ou bien encore, elles sont discréditées d'une façon ou d'une autre, soit par le désintérêt qu'elles manifestent envers leurs enfants (la mère de miss Groves), soit parce qu'elles sont en position de faiblesse (celle de la comtesse, qui est malade) ; la mère d'Arabella est en fait à la fois absente *et* dévaluée puisque ce sont ses ouvrages, ceux qu'elle s'est procurés pour apaiser sa solitude, qui ont tourné la tête de sa fille. La comtesse elle-même, "Arabella's surrogate mother" [LANGBAUER, 1990], ne reste que deux chapitres dans le roman et ne parvient pas à guérir Arabella en une conversation, contrairement à l'ecclésiastique – un homme. Seule compte *l'autorité du père*, et du patriarcat avec lui, ce qu'indiquent deux passages en particulier : "The Marquis sometimes permitting his Daughter to ride out, and this being the only Diversion she was allowed, or ever experienced, she did not fail to take it as often as she could" (p. 32), et "making use of the permission the Marquis sometimes allowed her, to attend Divine Service" (p. 20). La récurrence de *sometimes* dans les deux cas souligne le caractère exceptionnel de ces permissions (*allowed*, *permitting* – l'idée de permission paternelle apparaît dès le premier chapitre : "he permitted her therefore the use of his Library", p. 19), même lorsqu'il est question d'aller à l'église, alors que la piété fait partie des valeurs importantes de l'époque. D'ailleurs, et même si c'est la coutume pour une jeune aristocrate, Arabella n'appelle jamais son père que "My Lord" (p. 52, 54, 55, 70, etc.) : à l'autorité paternelle s'ajoute le poids de la hiérarchie sociale. Cela crée en outre un effet d'écho intéressant avec la dédicace du roman au comte de Middlesex, que la *persona* auctoriale appelle "My Lord" et traite avec tout le respect dû à son rang (p. 3 et 4). L'emploi de la voix passive confirme la position subalterne d'Arabella, comme dans l'exemple suivant : "she might [...] *be prevailed upon* to comply" (p. 58, nous soulignons) – avec *comply,* c'est d'ailleurs l'obéissance d'Arabella aux ordres paternels qui est mise en exergue, plutôt que son acquiescement au mariage projeté. Le pouvoir patriarcal s'exerce en outre sur le langage féminin, oral et écrit, alors que le marquis peut faire taire Arabella ("He ordered her to be silent", p. 57) ou la forcer à écrire malgré ses sanglots ("sobbing", p. 55). "I am not allowed any Will of my own", soupire Arabella (p. 59), ce qui n'est pas très loin de la vérité. Enfin, si, en tant qu'héritière, elle se voit placée dans une position privilégiée, elle reste néanmoins à la merci de son oncle, qui fait office de tuteur jusqu'à sa majorité et qui peut tout à fait décider de la faire interner ("bring a Commission of Lunacy against her", p. 380).

Peut-on néanmoins aller jusqu'à employer le terme de tyrannie, pour décrire la société patriarcale telle que *The Female Quixote* la représente ? Certes, Arabella se croit soumise au joug tyrannique ("a tyrannical Exertion of parental Authority", p. 49) d'un père dont les décisions surpassent en cruauté celles qui sont imposées à ses héroïnes préférées ("by an Effect of a more cruel Tyranny than any they had ever experienced before", p. 72) ; mais ces expressions prêtent à sourire, et le lecteur n'est pas obligé de souscrire à son opinion. Contrairement à Mr. Harlowe dans *Clarissa* ou au père de Sophia Western dans *Tom Jones* – romans dont les deux héroïnes, on l'a dit, fuient le domicile paternel pour échapper à un mariage dont elles ne veulent pas et qui est présenté comme indigne d'elles –, le marquis demande l'avis de sa fille avant de désigner son oncle comme tuteur (p. 76) et, surtout, ne la contraindra pas à épouser Glanville ("he could not resolve to force her Consent", p. 58). Arabella est peut-être ravalée au rang d'objet dans une expression comme "[The Marquis] had resolved to *give Arabella to his Nephew*" (p. 44, nous soulignons), mais Glanville a subi le même sort quelques pages plus haut : "[he] insinuated his Design of *giving him to her* for an Husband" (p. 41, nous soulignons) ; de même, à "he resolved to *bestow her upon him*" (p. 45, nous soulignons) répond "it would be difficult to make her *receive him for a husband*" (p. 44, nous soulignons). L'un comme l'autre sont donnés, et reçoivent.

(IM)PUISSANCE FÉMININE

Il n'en reste pas moins que, dans l'ensemble du roman, les femmes sont, bien plus que les hommes, traitées comme des *objets*. Cela peut se faire par le biais des personnages masculins. Glanville parle à plusieurs reprises de possession à propos d'une femme : "Possession of a Woman" (p. 138 par exemple), ou "were not these Gentlemen happy at last in the Possession of their mistresses?" (p. 64), etc. Le terme est employé également par sir Charles, à propos du domaine d'Arabella : "he thought it was a very bad Omen for his Son, to wish him Joy of an Estate, which he could not come to the Possession of, but by a very great Misfortune" (p. 84). Dans le prolongement de ce que nous venons de voir, l'écho lexical établit un lien direct entre Arabella et la propriété qui est la sienne jusqu'à ce qu'elle passe aux mains de son mari, même si, dans ce cas précis, au contraire, sir Charles fait allusion à la portion de son héritage qui appartiendra à Glanville si elle refuse de l'épouser. Si *possession* ou *possess* sont aussi employés pour des hommes ("her Charms took Possession of my Heart", affirme ainsi sir George

p. 259), quoique moins souvent, ce n'est pas le cas de *object*, presque toujours appliqué à une femme, objet le plus souvent de désir ("no Man ought to be hated because he adores a beautiful Object", p. 170), et parfois de ridicule ("I take it extremely ill, you should presume to make my Cousin the Object of your Mirth", p. 224). Une exception : sir George se décrit lui-même comme "[the] most pleasing Object in the World" (p. 255), mais le caractère parodique du métarécit* dans lequel il se met ainsi en scène permet de douter du degré réel d'objectification qu'il s'impose à lui-même.

Plus étonnant peut-être depuis notre perspective de lecteurs du XXIe siècle, cette vision de la femme comme objet, surtout du désir, est partagée par les personnages féminins, au premier rang desquels Arabella : "there are some Men, whose Passions are so unbridled, that they will have recourse to the most violent Methods to *possess* themselves of the *Objects* they love" (p. 108, nous soulignons). En fait, c'est tout à fait logique, d'une part en raison du discours idéologique dominant au XVIIIe siècle, nous l'avons vu, et, d'autre part, dans le cas d'Arabella, à cause des conceptions véhiculées par les romans précieux, dans lesquels les héroïnes, condamnées à la passivité parce que femmes, sont construites comme les *objets du désir masculin* [voir LANGBAUER, 1990] – autre exemple des rapprochements entre la vision de la femme proposée dans ces romans et celle qui a cours à l'époque de Lennox. Par un processus d'introjection*, Arabella a assimilé cette vision. On le ressent dès le début du roman :

> supposing Romances were real Pictures of Life, from them she drew all her Notions and Expectations. By them she was taught to believe, that Love was the ruling Principle of the World […]. Her Glass, which she often consulted, always showed her a Form so extremely lovely, that, not finding herself engaged in such Adventures as were common to the Heroines in the Romances she read, she often complained of the Insensibility of Mankind, upon whom her Charms seemed to have so little Influence. (p. 19-20)

Lennox prend soin de montrer que le regard que porte fréquemment Arabella sur elle-même est conditionné par ses lectures, qui viennent avant dans le passage. Elle est accoutumée à se contempler de l'extérieur comme le ferait un autre, clairement genré masculin, comme l'indique la fin du passage – en termes contemporains, on pourrait qualifier cela de *male gaze**, ou vision masculine. Et quand elle regarde une autre femme, la dimension esthétique entre en jeu, comme avec miss Groves ("her Attention was immediately engaged by the Appearance of this Stranger", etc., p. 83), et de façon plus frappante encore, avec la prostituée de Vauxhall Gardens et l'actrice qui joue Cynecia : ces deux personnages offrent des variations sur le thème de la beauté en détresse, réelle ou simulée, et, si Arabella est sensible au chagrin manifesté par l'une et par l'autre, cela ne l'empêche pas d'admirer leur physique. Dans le premier cas, Arabella éprouve compassion et admiration en proportions égales : "Arabella was equally struck with Compassion and Admiration" (p. 376). Dans le second, la beauté de Cynecia est mise en avant par l'héroïne et confirmée par la voix narrative entre parenthèses, dans un passage dont la rhétorique dénégatoire suggère que l'intérêt qu'y prête Arabella procède tout autant de ses malheurs apparents que de son apparence : "Think not, Lovely Unknown, said she (for she was really very pretty) that my Endeavours to detain you proceed from an indiscreet Curiosity" (p. 383).

La beauté d'une femme et l'intérêt qu'elle évoque sont ainsi clairement associés, que le personnage féminin soit regardé par un homme ou par une femme ou décrit par la voix narrative, comme dans le cas d'Arabella. Deux extraits, très proches l'un de l'autre dans le roman, permettent de préciser :

> he stood at some Distance contemplating her Face, to which Sorrow had given so many Charms, that he gazed on her with an Eagerness and Delight that could not escape her Observation (p. 50)

> The soft Languor that appeared in her Eyes, gave such an additional Charm to one of the loveliest Faces in the World, that Glanville, who sat opposite to her, could not help gazing on her […]; he often […] asked her trifling Questions, for the sake of hearing the Sound of her Voice, which Sorrow had made inchantingly sweet. (p. 58)

Arabella, en larmes ou venant de sécher celles-ci, offre ainsi à son soupirant un spectacle admirable et même irrésistible ("could not help"), visuel certes, mais pas seulement, et que soulignent les nombreux verbes ou termes de perception (*contemplate, gaze, looks, hearing, sound*). La dimension *esthétique* prime sur toute autre considération : dans le premier exemple, la voix narrative ne fait part d'aucune compassion de la part du jeune homme à l'égard de la beauté en détresse, il ne la regarde qu'avec empressement et plaisir ("Eagerness and Delight"), sans trace ni de pitié ni d'approbation devant cette marque de tendresse filiale (Arabella s'est précipitée au chevet de son père indisposé). Dans le second cas, les réponses d'Arabella, le contenu même de ses propos, n'ont aucun intérêt, seul en possède le son de sa voix. Le plus intéressant dans ces passages vient sans doute de la focalisation*. Dans le premier exemple et sans doute aussi dans le suivant, il s'agit d'une focalisation omnisciente*, comme souvent dans le roman : c'est la voix narrative qui prête du charme au visage triste d'Arabella, non Glanville lui-même. Difficile donc d'attribuer une perspective féministe et critique à cette transformation des personnages féminins en objets de contemplation puisqu'elle est partagée par Arabella et par la voix narrative, à moins de "genrer" cette dernière au masculin, ce que rien n'interdit dans *The Female Quixote* : une telle interprétation renforcerait au contraire sans doute les analyses proposées plus haut, en montrant que *The Female Quixote* est narré de la perspective d'un narrateur – sauf à adopter un point de vue *queer*, qui n'apparaît ni dans la biographie de Susan Carlile [2018], ni dans la critique sur *The Female Quixote*. La voix narrative d'une romancière, peut-être la romancière elle-même, aurait introjecté l'image des femmes que porte la culture de son temps.

Il convient sans doute de nuancer ce dernier point dans la mesure où *The Female Quixote* contraste nettement l'Arabella qui se fantasme en objet contemplé devant son miroir, dans le premier chapitre, et son comportement dans le reste de l'œuvre lorsqu'elle est effectivement regardée, ce qui peut s'interpréter de différentes manières : on peut y voir une contradiction interne au roman, ou la mise en évidence d'une difficulté fondamentale pour une femme à se construire comme objet du regard masculin. Non seulement Arabella est décrite de façon répétée comme oublieuse des regards d'autrui ("ignorant of the Diversity of Opinions, to which her Appearance gave Rise", p. 298, pour ne donner qu'un exemple), mais, quand elle est consciente de susciter l'admiration attendue, le sentiment qui domine est la gêne. Ainsi, d'abord avec Mr. Hervey : "Mr. *Hervey*'s eager Glances threw her into so much Confusion that [she pulled her veil] over her Face as much as she was able" (p. 21). Puis dans la scène évoquée plus haut, où Arabella, au chevet de son père, est contemplée par Glanville : elle offre ce spectacle malgré elle. D'abord, elle ne tient aucun compte de la présence de celui-ci ("without taking any

Notice of him"), ensuite, ses attentions la font rougir: "She blushed excessively at the passionate looks he gave her (p. 50 pour les deux citations). Ce passage de *The Female Quixote* formule explicitement une tension entre les deux subjectivités, masculine qui regarde et féminine qui tente de résister à ce regard, tension qui n'est résolue partiellement que dans le second extrait cité plus haut, où il est dit que Glanville ne peut s'empêcher d'admirer le visage d'Arabella, à la beauté irrésistible.

Cette impuissance, cette passivité de la femme regardée et objectifiée, est largement contrebalancée dans le roman par les nombreux passages où Arabella occupe une position dominante. Un certain nombre de critiques, parmi lesquels Laurie LANGBAUER [1990] et Thomas SCHMIDT [1997], argumentent que la folie d'Arabella repose sur une *quête de pouvoir*, qui peut se lire comme une réaction à la situation que nous venons de décrire. Cette quête va à l'encontre des normes patriarcales, raison pour laquelle Arabella doit être guérie par un homme, qui s'exprime de la même manière que la plus grande autorité intellectuelle de son temps, Samuel Johnson, avant de se marier sagement. Selon Judith Dorn, l'homme d'Église ramène finalement Arabella à la raison non pas en démontrant le caractère fantaisiste des *romances,* mais en minimisant, voire en niant l'idée même qu'une femme puisse avoir du pouvoir:

> [romances'] disregard for material fact gives the Doctor only minor concern. He levels his strongest moral denunciation at their representations of women as powerful causes in history, expostulating with Arabella on the absurdity of romance "Accounts of Battles, in which thousands are slaughtered for no other Purpose than to gain a Smile from the haughty Beauty, who sits a calm Spectatress of the Ruin and Desolation, Bloodshed and Misery, incited by herself" [p. 425].
>
> The Doctor's moral outrage at romance exaggerations of the importance of women's smiles suggests the real target of his attack: Arabella's dangerous interest in examples of women's power in history. Arabella must be brought to common sense chiefly because examples drawn from romance may entice her to test her power to influence men. [DORN, 1992]

Arabella exerce effectivement du pouvoir tout au long du roman, et sur des hommes, de surcroît. Laurie Langbauer fait ainsi remarquer que *The Female Quixote* commence par deux castrations métaphoriques, l'une, indépendante de l'héroïne, qui voit à la première page le père d'Arabella, chassé de la cour, perdre ses prérogatives (il tombera ensuite malade non pas une, mais deux fois, "Lennox's wishful symbol of an ailing patriarchy" [LANGBAUER, 1990], et l'autre, due à la jeune fille, où elle prive Mr. Hervey de son épée, en anglais *hanger* (p. 34), ainsi nommée parce qu'elle pend, menant Laurie LANGBAUER à y voir un symbole phallique [1990]. Elle, qui ne subit aucune humiliation dans le roman excepté à la toute fin, humilie publiquement Mr. Selvin en démontrant son ignorance (p. 300), Mr. Tinsel en menant sir Charles à le chasser de chez lui (p. 341), et Glanville en ne tenant aucun compte de ses exhortations à de multiples occasions (par exemple à Vauxhall Gardens : "He attempted to take hold of her Hand, in order to lead her away, but she disengag'd herself from him with a Frown of Displeasure", p. 376).

C'est particulièrement avec ce dernier personnage que Lennox décrit le réel pouvoir d'Arabella, qui conduit le jeune homme à évoluer assez nettement. Au début du roman, Glanville l'infantilise et ne prend pas au sérieux ce qu'il voit comme des caprices. Dans une phrase comme : "You have the strangest Notions, answered Glanville, smiling at the pretty Anger she discovered" (p. 46), le sourire du jeune homme face à la colère d'Arabella, qu'il minimise en qualifiant de "pretty", est révélateur du peu d'importance qu'il attache aux volontés de la jeune fille. Il avait auparavant agi en maître en ordonnant aux servantes d'Arabella de se retirer, sans lui demander son avis (p. 45). L'adjectif souligne aussi que, à ce stade du roman, c'est avant tout la beauté physique de la jeune fille qui le séduit, quels que soient les sentiments exprimés, qu'elle pleure (on l'a vu plus haut), ou qu'elle soit en colère. L'évolution de Glanville est décrite de plusieurs manières. D'une part, il apprend à faire cas de ce qu'elle éprouve, ce que montrent par exemple les différents passages où il est confronté aux larmes d'Arabella : de spectateur admiratif dans la première occurrence, citée ci-dessus, il s'en trouve touché un peu plus loin ("*Glanville* could not behold [Arabella's tears] without being affected", p. 74), touché plus par sa tristesse que par sa beauté. Dans une dernière scène (livre IX, chapitre VI) où Glanville regarde pleurer Arabella, il est violemment affecté par le chagrin de la jeune fille ("excessively shock'd at this Sight", p. 394) dont il ne comprend pas la cause, et toute notion de spectacle, d'admiration ou d'érotisme a disparu. D'autre part, après une phase d'incompréhension, il apprend la signification des gestes codés d'Arabella ("*Glanville*, who understood her perfectly well", p. 394), et la connaît suffisamment pour donner des conseils à son père : "never attempt to lay any Constraint upon my Cousin in an Affair of this Nature" (p. 82). Il va même jusqu'à utiliser le langage (*crime, perish*) et les attitudes des romans précieux en s'agenouillant devant elle et en s'exclamant : "Let me know my Crime. Yet may I perish if I am conscious of any towards you —" (p. 394). En un mot, il en vient à la *respecter*, à la considérer comme un individu à part entière, doté d'une sensibilité autonome et non soumise à la sienne, qui mérite que l'on fasse des efforts pour lui plaire : "he resolved to accommodate himself, as much as possible, to her Taste, and endeavour to gain her Heart by a Behaviour more agreeable to her" (p. 61). Si l'on souhaite envisager *The Female Quixote*, de manière anachronique, comme un *Bildungsroman**, ce n'est pas l'éducation d'Arabella, expédiée en deux chapitres (si l'on inclut la conversation avec la comtesse), qui justifierait l'appellation, mais celle de Glanville, qui peu à peu apprend à traiter Arabella comme elle souhaite l'être et à se montrer à la hauteur d'une femme le plus souvent décrite comme admirable. À l'exception du tout dernier chapitre, c'est lui qui vient vers elle, et non l'inverse.

Arabella détient donc bien un pouvoir non négligeable, dont la *source* demeure néanmoins problématique. D'abord, celui-ci dérive de l'image d'elle-même qu'elle a intériorisée au fil de ses lectures, image essentiellement passive, on l'a vu : "even the romance-given power of women, frightening as men might find it, defines a severely limited dominion, circumscribed by the confining association of the female with the body, as the object of desire", selon Debra MALINA [1996]. Ce pouvoir n'est au fond qu'une illusion qui mène Arabella à accepter son destin de femme de son temps, "seduced into feminity", selon l'expression de Teresa de Lauretis citée par MALINA [1996]. Ensuite, c'est parce qu'elle se considère comme une héroïne en devenir qu'elle adopte le type de comportement correspondant. Elle se conforme donc à un modèle établi par d'autres qu'elle : "Arabella can never have absolute power or authority. The power she repeatedly invokes itself depends upon laws, rules, and precedents that prescribe her actions—all of which are derived from the higher authority of texts written by others", explique David MARSHALL [1993]. Ce à quoi l'on peut ajouter que les romans auxquels elle donne le pouvoir de régenter sa vie ont été écrits par des hommes, d'après *The Female Quixote*, avec notamment l'attribution au seul

Georges de Scudéry des œuvres écrites dans une bien plus large mesure par sa sœur Madeleine – il est très probable que ce "genrage" est un choix délibéré de Lennox qui savait sûrement qui avait écrit ces romans [voir WYETT, 2015], ce qui permet d'affirmer encore davantage l'autorité masculine qui s'exerce de la sorte. En fin de compte, Arabella n'est peut-être pas aussi subversive que certains critiquent l'affirment. L'analyse de David Marshall est prolongée par Thomas SCHMIDT :

> The major premise of Arabella's romantic code is founded on female desirability to men rather than the female ability—or right—to desire independently of men. Arabella herself asserts that power and authority are only given to her by men: "My authority," she tells Glanville in response to his doubts concerning her influence over Mr. Selvin in book 8, "is founded upon the absolute Power he has given me over him", and she makes similar statements about her "power" over Glanville himself and Sir George. [1997]

Le pouvoir d'Arabella vient donc de sa subordination absolue à une économie masculine du désir dans laquelle elle se fantasme et dont elle tire toutes les conséquences ; il est donc logique, en dernière analyse, que seul un homme puisse l'en déposséder.

UN BROUILLAGE DES GENRES ?

Les *distinctions entre les représentations genrées du masculin et féminin* sont clairement posées à plusieurs endroits du roman, même si les différents codes auxquels chacun se réfère (ceux de la bonne société de son temps pour sir Charles, ceux des romans précieux pour Arabella) expliquent un certain nombre de dissonances entre les conceptions exprimées. Étant donné l'association entre le féminin, la passivité et le domaine privé, il est normal que sir Charles trouve scandaleux qu'une femme puisse commander une armée : "shameful ! [...] offer a Woman the Command of an Army !" (p. 234). Quant à Arabella, accoutumée aux exploits d'Artaban et des autres héros de romans précieux, elle exprime sa désapprobation devant l'aspect efféminé des petits-maîtres (*fops*) rencontrés à Bath (c'est là un *topos* fréquent du roman du XVIIIe, surtout dans la seconde moitié du siècle, par exemple dans *Evelina*) :

> Nor can I persuade myself, added she, that any of those Men whom I saw at the Assembly, with Figures so Feminine, Voices so soft, such tripping Steps and unmeaning Gestures, have ever signalized either their Courage or Constancy; but might be overcome by their Enemy in Battle, or be false to their Mistress in Love. (p. 315-16)

En qualifiant ces hommes de féminins, Arabella leur dénie ces vertus vues comme masculines que sont le courage et la constance. La description de la comtesse par la voix narrative met en lumière les qualités que possède la femme, dans l'idéal :

> This Lady, who among her own Sex had no Superior in Wit, Elegance, and Ease, was inferior to very few of the other in Sense, Learning, and Judgment. Her Skill in Poetry, Painting, and Music, tho' incontestably great, was number'd among the least of her Accomplishments. Her Candour, her Sweetness, her Modesty and Benevolence, while they secur'd her from the Darts of Envy, render'd her superior to Praise, and made the one as unnecessary as the other ineffectual. (p. 362)

"[H]er own Sex" d'un côté, "the other" de l'autre : la démarcation est nette, même si, on y reviendra, toutes ces qualités sont réunies en une seule personne. Cette description mêle des caractéristiques considérées comme "naturelles" à l'un ou l'autre sexe (élégance, grâce, franchise, douceur, bienveillance côté féminin, et raison et bon sens côté masculin) et caractéristiques acquises (talents artistiques pour les femmes – désignés par le terme *accomplishments* chez Austen, par exemple –, et savoir pour les hommes, par la force des choses puisque l'éducation des femmes était limitée). Qu'un individu affiche des caractéristiques genrées n'appartenant pas à son sexe biologique est le plus souvent fort mal considéré. Cela apparaît à plusieurs endroits du roman, qu'il s'agisse d'hommes efféminés pour Arabella dans la citation donnée plus haut, ou de femmes associées au masculin, miss Groves, qualifiée deux fois de "masculine" (p. 90), ou la prostituée de Vauxhall Gardens qui se déguise en homme ("a Lady disquis'd in a Man's Habit", p. 375). Dans les deux cas, il s'agit de femmes associées au désir érotique et à la sexualité [LANGBAUER, 1990], ce qui explique la réprobation qui les entoure. L'Amazone Thalestris, aussi courageuse et forte que n'importe quel héros, fait preuve de qualités tellement réputées masculines que miss Glanville ne parvient pas à la voir comme une femme : "She must needs have very masculine Hands [...] I don't think there ever could be such a Woman" (p. 148-49).

Pourtant, un autre discours fait surface dans le roman, qui privilégie au contraire une certaine *fluidité*. Avant d'analyser cette fluidité dans les conceptions genrées, un mot rapide concernant le domaine social. Une *hiérarchie* stricte prévaut dans le roman, où chacun a une place qui lui est assignée par la naissance : Arabella est "Lady Arabella", "Lady Bella" ou "Your Ladyship" pour tout le monde, sauf pour son père mais y compris son oncle, car elle est d'un rang supérieur au sien ; fille de marquis, mais non marquise, elle est inférieure socialement à la comtesse et lui donne à son tour du "Your Ladyship", etc. Quels que soient les liens familiaux ou d'affection qui unissent les personnages, ils ne sauraient prévaloir sur l'étiquette, ce que soulignent les "My Lord" par lesquels Arabella s'adresse à son père. La même Arabella exprime néanmoins ici ou là une vision bien moins rigide de la hiérarchie, puisque, à ses yeux, un jardinier peut être un gentilhomme déguisé (livre I, chapitre VII), une laitière avoir une illustre parenté (p. 234), ou un bandit de grand chemin être une personne de qualité (p. 293) – le caractère comique de ces exemples dans l'œuvre laisse entendre que, au contraire, une vision stable et fixe de la société est privilégiée, conservatisme renforcé en outre à la fin par le mariage de l'héroïne avec son cousin germain.

S'il apparaît nettement sur le plan social, ce conservatisme est néanmoins sujet à débat quand il s'agit d'examiner les représentations genrées, et ce pour au moins deux raisons. La première est qu'elles sont parfois présentées comme réductrices, voire responsables d'un certain aveuglement volontaire. Lorsque sir Charles, le soldat, donc l'homme par excellence, refuse de considérer qu'une femme puisse commander une armée, son opinion ne fait pas forcément autorité, comme l'explique Everett ZIMMERMAN :

> Sir Charles's unwillingness to consider the possibility of some substratum of truth in the story [of Thalestris and the Amazons] is [...] a remarkably unsubtle view of history and of fiction. And his subsequent display of his lack of knowledge even of the existence of the ancient kingdoms of Scythia and Mauretania

> reveals that his downright realism is sometimes founded solidly on ignorance, but not on history. [2000]

Puisqu'il n'a jamais entendu parler des royaumes de Scythie et de Maurétanie, sir Charles préfère se moquer d'Arabella, plutôt que d'admettre qu'elle pourrait avoir quelque chose à lui apprendre : "I believe their Kingdoms are in the Moon" (p. 234), ce qui d'ailleurs permet peut-être de comprendre pourquoi sa fille avait utilisé la lune pour une comparaison improbable (p. 165 ; v. Repères, *The Female Quixote* et l'empirisme). En deuxième lieu, *The Female Quixote* met en avant une héroïne qui, sur le plan de l'instruction, n'a pas grand-chose à envier aux hommes qui l'entourent, y compris dans des domaines traditionnellement considérés comme masculin. Férue d'astronomie, on l'a vu (v. Repères, *The Female Quixote* et l'empirisme), Arabella se distingue par ses connaissances historiques, qui ne sont pas toujours fantaisistes, loin s'en faut. Par sa seule insistance sur le caractère historiquement avéré de ce qu'elle avance souvent, elle se revendique d'une discipline dont les femmes étaient largement exclues au XVIIIe siècle ; il faut attendre 1763 pour la publication du premier volume de *The History of England from the Accession of James I to That of the Brunswick Line*, écrit par Catharine Macaulay, considérée comme la première historienne de Grande-Bretagne. La raison de cette exclusion est exprimée avec humour par Jane Austen dans un passage célèbre de *Northanger Abbey* (1817), où Catherine Morland avoue ne guère avoir de goût pour les lectures historiques :

> [...] history, real solemn history, I cannot be interested in. [...] it tells me nothing that does not either vex or weary me. The quarrels of popes and kings, with wars or pestilences, in every page; the men all so good for nothing, and hardly any women at all–it is very tiresome. [1998]

Comme l'Arabella de Lennox, l'héroïne d'Austen a tendance à voir le monde à travers le prisme des *romances* qu'elle dévore, dans son cas les romans gothiques. Mais, contrairement à Arabella, elle ne les associe pas au genre historique, tout simplement parce qu'elle se voit comme une exclue de l'histoire, récit des événements publics, guerres, conflits politiques d'où les femmes sont presque entièrement absentes. Par l'intérêt que manifeste Arabella pour l'histoire, l'héroïne de Lennox montre qu'elle ne se laisse pas enfermer dans les limitations genrées de son temps et qu'elle s'aventure sans hésitation dans un domaine traditionnellement considéré comme masculin.

Même fautives, les connaissances historiques et géographiques d'Arabella sont supérieures à celles de certains des hommes qui l'entourent : sir Charles (livre VII, chapitre VI) confond l'Inde et la Turquie et trouve invraisemblable que, en Thessalie, on puisse mettre à mort un homme qui aurait tué une cigogne, fait pourtant avéré et relaté par Plutarque, tandis que Mr. Selvin utilise son savoir historique, très rudimentaire, dans le seul but de briller en société :

> He affected to be thought deep-read in History, and never failed to take all Opportunities of displaying his Knowledge of Antiquity, which was indeed but very superficial; but having some few Anecdotes by Heart, which he would take Occasion to introduce as often as he could, he passed among many Persons for one who, by Application and Study, had acquired an universal Knowledge of antient History. (p. 299-300)

Le fait que, malgré ses maigres connaissances ("superficial", "few"), il parvienne à en imposer à beaucoup ("many Persons") contribue en outre à la satire* déployée dans le roman, en révélant la superficialité et l'ignorance généralisées qui règnent dans la bonne société. Ce n'est pas par affectation mais par amour de la vérité, du moins de ce qu'elle prend pour la vérité, et par besoin de chercher des exemples qu'Arabella n'hésite pas à afficher son savoir, allant même jusqu'à faire remarquer à un homme que ses lectures sont insuffisantes : "your Reading has been very confined", dit-elle à Selvin (p. 302), en complète contradiction avec ce que seront quelques années plus tard les recommandations de FORDYCE, déjà bien dans l'air du temps en 1752 : "if you, my fair ones, have knowledge and capacity; let it be seen, by your not affecting to show them, that you have something much more valuable, humility and wisdom" [1766]. Sagesse et humilité sont en effet liées pour une femme, d'où l'injonction de discrétion mentionnée ci-dessus.

Autre caractéristique masculine, que maîtrise parfaitement Arabella : la rhétorique, c'est-à-dire l'art oratoire : "She speaks, emphatically and at length, when according to conduct books and contemporary rules a young unmarried woman should remain totally silent", observe Margaret DOODY [2008]. Cette maîtrise est particulièrement frappante dans l'avant-dernier chapitre, où elle se défend remarquablement bien face à l'ecclésiastique. Un rapprochement entre les deux peut d'ailleurs être esquissé, si l'on considère les différents sens du mot "divine" en anglais : le substantif désigne un homme d'Église, et l'adjectif est parfois associé à l'héroïne par sir George, qui l'appelle cinq fois "Divine Arabella" (notamment p. 200). Ce rapprochement se justifie d'autant plus que sir Charles attire l'attention sur cette assimilation : "*Arabella* [...] was a very sensible young Lady, and sometimes talk'd as learnedly as a Divine", explique-t-il ainsi à Mr. Selvin (p. 353). La rhétorique est une discipline pratiquée dans la sphère publique, et plus particulièrement dans les domaines masculins par excellence que sont le droit et la politique, domaines interdits aux femmes à l'époque de Lennox. Il est intéressant, dans ce contexte, de remarquer qu'Arabella se dépeint elle-même en avocate en pleine plaidoirie ("tho' I had nothing else to plead", p. 60), capable de traiter les arguments de Glanville de spécieux ("specious", p. 60), à plus ou moins bon escient bien sûr. Ses discours impressionnent ceux qui l'écoutent et notamment encore une fois son oncle, qui la compare à un homme politique : "if she had been a Man, she would have made a great Figure in Parliament, and [...] her Speeches might have come perhaps to be printed in time" (p. 349). Arabella n'est pas un homme et le commentaire de son oncle ne fait que souligner par contraste qu'elle ne saurait avoir un destin politique, même si elle a bien un destin littéraire, avec des lecteurs qui lisent ses discours dans un ouvrage intitulé *The Female Quixote*. Margaret DOODY estime que cet extrait dépasse le simple stade d'une ironie peut-être un peu cruelle à l'encontre de l'héroïne : "Of course, Arabella's speeches are printed – by Lennox – but the metafictional joke reminds us not only of the limitations placed on women in Arabella's world, but of the limits Arabella has already overleaped" [2008]. Cette analyse est prolongée par Sharon SMITH PALO, qui, à partir des passages qui viennent d'être cités, tire la conclusion suivante :

> The novel, then, raises the possibility that educated and intelligent women might be capable of functioning in public roles generally reserved for men. In this way, Lennox's text suggests that learning invests women with the potential to transform public space and their roles within that space. Arabella's profound admiration for the Amazons, one of history's most notorious examples of women participating in customarily masculine activities, suggests her attraction to the possibility of such a transformation. [2005-2006]

Car si les Amazones, et plus particulièrement Thalestris, sont ridiculisées par miss Glanville, il n'est pas certain, dans le roman dans son ensemble, que leur appropriation de vertus réputées masculines au XVIIIe siècle soit nécessairement à écarter. Arabella en tout cas évoque avec approbation le mélange de vertus dites masculines et de vertus dites féminines que représente Thalestris, "stout and courageous" d'une part, "a perfect Beauty" de l'autre : "[she] had as much Harmony and Softness in her Looks and Person, as she had Courage in her Heart, and Strength in her Blows" (p. 148). Les romans précieux offrent d'autres exemples de ce mélange : Orontes se déguise en femme (p. 91) et verse des pleurs en continu (p. 149), ce qui n'entame en rien sa valeur – contrairement aux petits-maîtres croisés à Bath, il ne renonce en rien à sa masculinité, mais y ajoute des caractéristiques féminines ; tandis qu'Hermione porte un habit masculin sans que cela nuise à la noblesse de son âme ("high and noble Soul", p. 379). Quant à Arabella, lorsqu'elle souhaite par exemple imiter le courage de ses héroïnes ("imitate their Courage", p. 71), c'est une vertu "masculine" qu'elle met en avant, à une époque, répétons-le, où les caractéristiques genrées sont considérées comme inhérentes au sexe biologique ; et ce, au point de mener à des distinctions sémantiques sur un certain nombre de termes comme *honour* ou *virtue,* qui reçoivent un sens différent selon qu'ils s'appliquent à un homme (l'honneur, la vertu) ou à une femme (la chasteté). Par son emploi récurrent de ces termes ainsi que d'autres censés caractériser les hommes, Arabella se réapproprie un langage genré et étend le champ des possibilités pour une femme sans rien perdre de sa féminité, comme le fait également la comtesse, qui mêle raison et connaissances ("Sense, Learning, and Judgment") à la douceur et à l'humilité ("Her Candour, her Sweetness, her Modesty and Benevolence", p. 362). Arabella, remarquable par son intelligence, par son savoir, mais aussi par son courage quand elle n'hésite pas à braver les interdits sociaux pour secourir une autre femme qu'elle pense en détresse, et Glanville, qui s'empresse au chevet du marquis (p. 75) et se soumet aux volontés d'Arabella, sont eux aussi des personnages qui présentent un équilibre entre masculin et féminin, ce qui justifie leur union à la fin, et offre une vision plus nuancée qu'on ne pourrait le penser à première vue.

Nous insisterons ici sur une autre caractéristique que s'attribue Arabella : l'autorité, ou plus précisément, l'auctorialité. Quand elle se demande : "shall I [...] make myself the Author of his Death?", elle utilise le substantif "author", dont la forme masculine (*authoress* existe, quoique plus rare) est fort utilisée par les femmes et revêt une valeur souvent considérée comme neutre, comme aujourd'hui de nombreuses actrices, notamment britanniques, se désignent par le nom *actor*. Nous nous intéresserons ici à *l'affichage "genré" de l'auctorialité* dans *The Female Quixote*, avant d'examiner plus loin celui du lecteur, ou de la lectrice (v. Synthèses et perspectives, Lire (dans) *The Female Quixote*). Publié anonymement, le roman de Lennox, comme ceux de Richardson, n'est pas signé, pas même par une formule pseudonymique comme "By a Lady", très commune à l'époque ; Lennox utilisera par la suite la formule "By the Author of *The Female Quixote*" pour signer ses ouvrages. Rien, dans le paratexte*, ne laisse entendre que Lennox est une femme. Johnson, qui rédigea (semble-t-il) pour elle la dédicace au comte de Middlesex, signe celle-ci "The Author", comme il le fera un an plus tard pour celle de *Shakespear Illustrated* en 1753, mais pour ce dernier, il met en avant le sexe et le jeune âge de l'"autrice", ce qu'il n'avait pas fait pour *The Female Quixote* : "My Sex, my Age, have not given me many Opportunities of mingling in the World" [in LENNOX, 1753]. Il peut nous sembler étonnant qu'un auteur demande à quelqu'un d'autre d'écrire une dédicace ou une préface en son nom et à la première personne, mais c'est loin d'être un cas isolé. En ne laissant d'aucune manière percevoir sa féminité, Lennox se distingue d'autres romancières de l'époque comme Sarah Fielding, qui, en 1744, avait signé *David Simple* par la formule "By a Lady" et écrit, dans l'avertissement au lecteur qui ouvre la première édition du roman (la seconde contiendra une préface rédigée par son frère Henry) : "The following moral Romance (or whatever title the Reader shall please to give it) is the Work of a Woman, and her first Essay" [1744]. Lennox n'utilise pas non plus le pronom "he" ni le possessif "his" qui afficherait une association avec le masculin, que le seul substantif "author" ne permet pas. Que le personnage principal soit une femme n'est pas non plus un indice du sexe de l'auteur ; les romans de Richardson, ou ceux de Defoe avant lui (*Moll Flanders*, 1721 ; *Roxana*, 1724) offrent des modèles suffisamment puissants d'auteurs masculins choisissant des femmes comme protagonistes et écrivant même d'une perspective féminine (lettres ou mémoires).

En fait, en termes d'écriture, celle de Lennox, inspirée de Fielding, est bien plus "masculine" que celle de Richardson : la maîtrise exercée par une narration omnisciente et ironique qui évoque une perspective objective, la parodie des *romances*, classées féminines (nous y reviendrons), s'oppose à la subjectivité de la première personne chez Richardson, à l'emploi de la forme épistolaire très volontiers associée aux femmes, et à l'exploration des sentiments qu'il propose dans une bien plus large mesure que Lennox [voir BARTOLOMEO, 1996]. Ces éléments peuvent tout à fait nous donner à conclure que Lennox renonce à être une femme écrivain pour écrire, comme l'avance Laurie LANGBAUER [1990]. Conseillée par Johnson et par Richardson, elle se range en tout cas résolument du côté des auteurs de son temps plutôt que de celui des "autrices", que ces mêmes auteurs, notamment Richardson et Fielding, avaient largement contribué à marginaliser dans les débats sur le roman dans les années 1740 [MARTIN, 1997]. Néanmoins, le soin que Lennox met à ne pas révéler si l'auteur de *The Female Quixote* est un homme ou une femme est peut-être davantage à rapprocher de sa vision d'un brouillage ou d'un mélange des caractéristiques féminines et masculines dans ses personnages principaux. À ce sujet, David MARSHALL émet l'hypothèse suivante : "The dedication to the Earl of Middlesex might remind us of the ambiguous (perhaps *in-between*) gender of the author of such a novel" [1993]. Le point d'interrogation qui suit "The Author" dans la dédicace nous invite en tout cas, comme le fait remarquer Marshall, à nous interroger moins sur l'identité de cette entité auctoriale que sur sa nature peut-être insaisissable, entre masculin et féminin, mais aussi, et cela est lié, entre *romance* et *novel*.

GENRE ET *GENDER*

Quand Laurie Langbauer écrit que Lennox renonce finalement à écrire en tant que femme, elle s'appuie en grande partie sur la fin du roman et sur un autre renoncement, celui d'Arabella à ses *romances*, en raison d'une longue association entre femmes et *romances* :

> Romance has traditionally been considered a woman's form. The novel's very definition of romance echoes the way patriarchy defines women: they are both seen as marginal, the negative of the defining agents [LANGBAUER, 1990].

Cela s'explique largement par la part belle faite à l'imagination dans ce type de prose fictionnelle, souvent débridée, on l'a vu, faisant écho au caractère réputé irrationnel de l'esprit féminin, contre la vraisemblance et le sérieux du *novel*, du côté du masculin (v. Repères, La prose fictionnelle en Grande-Bretagne au milieu du XVIIIe siècle). Autre explication : l'attrait que représentent, pour des lectrices souvent soumises à des contraintes de toutes sortes, des récits où les héroïnes possèdent au moins une part d'autonomie et peuvent choisir l'objet de leur désir, attrait que dépeint avec force *The Female Quixote*. Comme l'écrit Patricia MEYER SPACKS :

> if the text [*The Female Quixote*] mocks far-fetched fictions it also emphasizes their profound appeal to women, not because of female gullibility but because of the psychic need for alternatives to a socially defined state of meaningless and powerless activity. Romances tell the truth of female desire. [1988]

Catherine CRAFT propose un argument similaire, qui insiste en outre sur la manière dont ce type de récit permet la formation d'une *communauté* féminine :

> The language of romance is women's language, a tongue that men cannot understand, and its ultimate achievement is to establish a community of women. If Arabella and the Countess are superior to the women around them, it is because they are capable of caring about others of their own sex. Generous, compassionate, and helpful, they can celebrate beauty in another, watch without envy as a woman wins a lover, and come to the aid of a sister in distress: in short, they do all those things that the male-dominated society has proscribed. Women must not unite, else they would subvert and perhaps overthrow male authority. Romance offers a vision exactly opposite to reality: it posits a world where women cease to be rivals, where they bond as men do, and where men offer eternal courtship, which means eternal fidelity and obedience. [1991]

Ce discours qui unit les femmes contraste avec un autre discours, masculin, qui les oppose les unes aux autres en les transformant en rivales, discours qu'ont parfaitement intégré une autre Arabella, la sœur jalouse de Clarissa chez Richardson, et Charlotte Glanville, en rivalité permanente avec l'héroïne de Lennox. Pour ne citer qu'un exemple :

> As Miss Charlotte had a large Share of Coquetry in her Composition, and was fond of Beauty in none of her own Sex but herself, she was sorry to see Lady Bella possessed of so great a Share; and, being in Hopes her Brother had drawn a flattering Figure of her Cousin, she was extremely disappointed at finding the Original so handsome. (p. 99)

Les passages où elle cherche à ridiculiser sa cousine pour briller à sa place aux yeux des hommes (sir George, Mr. Tinsel) sont trop nombreux pour être cités. Remarquons simplement qu'elle pense Arabella hypocrite, lorsqu'elle loue la beauté de miss Glanville : "Miss *Glanville*, who could not think it possible, one Woman could praise another with any Sincerity" (p. 112). Hypocrisie et rivalité féminine sont étrangères aux deux lectrices de *romances* dans *The Female Quixote*, qui, au contraire, font preuve de bienveillance envers les autres femmes. Ce comportement est explicitement présenté comme étant en accord avec celui des héroïnes de romans précieux, "who knew not what Envy or Emulation meant" (p. 99). La comtesse, seule contre toutes, défend Arabella et fait taire les médisantes. Quant à Arabella, non seulement elle cherche à protéger des femmes déchues comme miss Groves et la jeune prostituée rencontrée à Vauxhall Gardens, qui suscitent en elle plus de sympathie que de réprobation, mais son attitude envers toutes les femmes qu'elle rencontre (miss Groves, miss Glanville, la comtesse) révèle à quel point elle cherche à s'intégrer dans une communauté féminine, comme celle décrite dans le chapitre III du livre VI :

> And may I not be carried into Macedonia by a Similitude of Destiny with that of a great many beautiful Princesses, who, though born in the most distant Quarters of the World, chanced to meet at one time in the city of Alexandria, and related their miraculous Adventures to each other?
>
> [...] it happened very luckily for each of them, that they were brought into a Place where they found so many illustrious Companions in Misfortune, to whom they might freely communicate their Adventures, which otherwise might, haply, have been concealed, or, at least, have been imperfectly delivered down to us. (p. 296)

Affectées par des malheurs divers ("Misfortunes"), ces héroïnes trouvent du réconfort auprès d'autres femmes dont Arabella s'imagine partager le destin ("Similitude of Destiny"), et racontent leur histoire, puisqu'elles en ont une. Une telle vision de partage, de solidarité féminine, de discours féminin telle qu'elle trouve à s'exprimer dans les romans précieux et à travers Arabella elle-même, n'est sans doute pas à rejeter et nous renvoie à la question fondamentale examinée dans la partie précédente (v. Analyses thématiques, De la parodie à la satire), que nous pouvons poser ici dans une perspective "genrée" : dans quelle mesure Lennox rejette-t-elle la *romance*, et le féminin avec, puisque les deux sont liés ? Pour Mary Patricia MARTIN :

> as a woman writer, Lennox is not so much reclaiming romance, or lamenting its demise, as she is undermining the distinction between the old romance and the new novel. Deftly exploiting the traditional association of romance with female readers and writers, she also exposes the gendered rhetoric central to accounts of the new fiction. Using romance strategically to critique the definitive terms of the new genre, Lennox claims the novel, too, as "women's writing". [1997]

En d'autres termes, Lennox féminiserait le *novel* en l'associant explicitement à la *romance* grâce à son héroïne : elle rendrait au *novel* masculin la part féminine qu'il tente de refouler.

La provenance des livres lus par Arabella permet de prolonger l'analyse, en l'envisageant sous un angle un peu différent. Pour insister sur le caractère féminin de la *romance,* de nombreux critiques font remarquer à juste titre que les romans d'Arabella lui viennent de sa mère : l'héritage maternel au niveau diégétique est à lire comme l'héritage de la *romance* dans le domaine littéraire. L'un doit être rejeté par sa fille, qui doit intégrer le monde patriarcal ; l'autre par son successeur, le *novel*, genré masculin. Cette notion d'héritage est importante pour Margaret Doody, par exemple :

> The books formerly purchased by her mother to assuage loneliness represent the only inheritance from her mother, and these fictions prove of no avail. Like most heroines in novels by women, Arabella is in an ironic relationship to the mother and to the female inheritance which customarily proves a trap as well as a bond. In the conflict staged between Romance and the feminine tradition

> on the one hand and Augustan views and masculine authority on the other, the "wrong side" represented by Arabella is doomed from the start. [Doody, 1987]

Si cela est indéniable, le propos doit être nuancé. Ces livres achetés par sa mère, Arabella les a trouvés dans la bibliothèque paternelle (p. 19). Ce détail permet de relier les *romances* au masculin, voire de leur conférer une forme de sanction patriarcale, pour un temps du moins. Ellen Gardiner relie cela à un élément que nous avions évoqué précédemment, les liens qui existent entre *novel* et *romance* (v. Analyses thématiques, De la parodie à la satire), en lui ajoutant une dimension "genrée" :

> [Lennox] shows that the form that dominant male voices decry as immoral reading material for women is an important part of those male writers' libraries because the romance is the very source of male writing, novelistic and critical. That is, Lennox yokes the terms "romance" and "men" in the same way that much of eighteenth-century popular discourse yokes the term "romance" with "women." [1996]

Samuel Johnson lui-même se trouvait pris dans cette ambivalence à l'égard des *romances*, entre appréciation et rejet. Comme le souligne Deborah Ross, en citant la biographie de Johnson par Boswell: "Dr. Johnson himself loved romances, while blaming them for 'that unsettled turn of mind which prevented his ever fixing in any profession'" [1987 ; v. aussi Gardiner, 1996].

Ce brouillage des genres littéraires autour du genre-*gender* est d'autant plus marqué dans le roman que rien ne relie Arabella à sa mère ; contrairement à l'Evelina de Burney par exemple, portrait craché de sa mère (morte elle aussi à sa naissance), Arabella ne semble avoir hérité d'aucune caractéristique maternelle, physique ou autre. Au contraire, elle tient de son père, ce que Lennox prend soin d'indiquer : elle a le même tempérament ("a Disposition so like his own", p. 55) et déteste la cour qui a si mal traité le marquis : "Arabella [...] had from her Youth adopted the Resentments of her Father" (p. 373). Lui qui a élevé sa fille dans un environnement digne d'un conte (v. Analyses thématiques, De la parodie à la satire), il partage avec la mère d'Arabella la responsabilité de son goût pour les *romances* et de sa confusion entre réalité et fiction. Dans ce contexte, la masculinisation par Lennox de tous les auteurs de romans précieux, avec la disparition de Madeleine de Scudéry, devient particulièrement intéressante, d'autant plus que, dans le roman, un homme, sir George, avoue sans rougir son intérêt pour ce type de roman. Qu'il s'agisse d'un choix ou d'une erreur importe peu : les auteurs de *romances* sont des hommes pour le lecteur de *The Female Quixote*, roman-*novel* écrit par une femme. Le renversement réalisé par Lennox, volontaire ou non, éclaire d'un jour ironique les débats sur le genre romanesque à son époque et sur les relations "genrées". Si l'homme est une "autrice" de *romances* comme les autres, peut-être est-ce à dire qu'hommes et femmes ne sont pas si différents que cela ?

SYNTHÈSES

ET

PERSPECTIVES

LE MÊME ET L'AUTRE

NB : Il est vivement conseillé de considérer cette réflexion comme le prolongement de celle développée dans les Outils (v. Exemple de sujet : L'art et la nature).

La voix narrative comme les autres personnages évoquent fréquemment la singularité d'Arabella, c'est-à-dire le fait qu'elle soit unique et dotée de caractéristiques qui la distinguent d'autrui. Dès le début du roman, Mr. Hervey est ainsi frappé par le caractère singulier de la tenue qu'elle porte ("the Singularity of her Dress", p. 21). Cette singularité, souvent présentée comme extrême, suscite la surprise des autres personnages, par exemple miss Glanville : "Miss Glanville [...] was surpris'd [...] to see [Arabella] dressing for the Ball, in a Habit singular to the last Degree" (p. 306), ce qui est renforcé un peu plus bas : "nothing would be more singularly becoming than her Dress", et, à la page suivante, "her Singularity of Dress". La tenue d'Arabella n'a rien de commun avec les robes à la mode et, en lui allant à la perfection, évoque par métonymie la singularité de la jeune fille : son apparence correspond à ce qu'elle est. À quelques lignes d'intervalle, le polyptotesingular / singularly / singularity met donc l'accent sur ce qui sépare Arabella des autres, sur ce qui la rend différente : single ; particular, unexampled ; alone sont des définitions données à singular dans le dictionnaire de Johnson, qui précise que, comme l'adjectif "singulier" en français, il s'emploie aussi dans un sens péjoratif : "Having something not common to others. It is commonly used in a sense of disapprobation, whether applied to persons or things". Ce sens n'est pas à écarter dans un certain nombre d'occurrences du terme ou du nom associé, comme dans l'extrait suivant : "Mr. Glanville [...] began to suspect she was diverting herself with his Cousin's Singularities" (p. 365). D'autre part, quand Glanville explique à sir George qu'il doit débarrasser Arabella de sa singularité ("to be absolutely perfect, interrupted

Mr. Glanville, I must cure her of that Singularity", p. 225), il souligne qu'il s'agit là d'une imperfection : ce qui rend la jeune fille unique doit disparaître, elle doit cesser de se distinguer. Est-ce une injonction au conformisme, un rejet de l'originalité, terme parfois pris comme synonyme de singularité ? Cela expliquerait les interprétations négatives de la fin : pour épouser Glanville, l'héroïne perdrait ce qui la caractérise et qui lui est propre, pour entrer dans le moule de l'épouse idéale et ressembler à la comtesse anonyme et aux autres femmes de son rang.

La question se pose en fait autrement, si l'on réfléchit à la nature de la singularité d'Arabella. Pour en revenir à la robe décrite dans le chapitre VII du livre VII, celle-ci a été confectionnée pour ressembler à celle de la princesse Julia dans *Cléopâtre* : "[Arabella] order'd the Woman to make her a Robe after the same Model as the Princess *Julia*'s [...] I insist upon having my Cloaths made after the Pattern of the beautiful Daughter of *Augustus*" (p. 305). *Pattern*, *Model* : Arabella indique très clairement que ses vêtements doivent imiter ceux de ses héroïnes préférées et que, de manière générale, son goût, qui semble si personnel, est formé d'après des modèles littéraires, comme le souligne la voix narrative : "her own Taste was form'd on the manners of the Heroines" (p. 305). *Il ne s'agit donc pas pour Arabella de se singulariser, mais d'imiter*, de reproduire quelque chose à l'identique : "make me a Robe in *the same* Taste" (p. 306, nous soulignons), ce qui représente l'opposé de l'originalité, c'est-à-dire le fait de ne pas avoir de modèle, d'être nouveau. Le désir d'Arabella de ressembler aux héroïnes de romans précieux, par sa tenue comme par son comportement, est un désir de conformité à un modèle conçu comme réaliste, d'où la récurrence de l'adjectif *conformable* (p. 137, 167, 189, etc.), qu'elle prend dans un sens positif. Ce qui est vu comme propre à Arabella, constitutif de son *identité*, provient de sa volonté de ressemblance, de calquer cette identité sur une autre, *de lui être identique*. Ce sont ce paradoxe et cette réflexion sur l'identité, en particulier féminine, qui seront examinés dans les pages qui suivent.

L'ORIGINAL ET LA COPIE

Un roman qui rend hommage à un autre dans son titre même se place dès l'abord dans une relation d'intertextualité* qui tient de l'imitation. De fait, nous avons vu précédemment (v. Repères, *Don Quichotte*, *The Female Quixote* et le roman au XVIIIe siècle) l'intérêt que *Don Quichotte* représente pour une romancière du milieu du XVIIIe siècle et plusieurs éléments que Lennox emprunte directement à Cervantès, auquel on peut ajouter la bastonnade qu'Arabella épargne à son jardinier, comme don Quichotte sauve un berger que son maître veut battre [MONTANDON, 1999]. À cela s'ajoute la dimension parodique de *The Female Quixote*, dont l'héroïne et souvent la voix narrative s'expriment comme dans des romans précieux (v. Analyses thématiques, De la parodie à la satire). Nous ne reviendrons pas ici sur ces points essentiels, préférant nous concentrer ci-dessous sur la manière dont le roman de Lennox aborde l'imitation sur les plans diégétiques et narratifs, dans une réflexion qui parcourt le roman. Pour ne citer qu'un exemple, Glanville décrit Arabella par lettre à sa sœur, qui compare ensuite l'original (*original*) au portrait écrit (*figure*) qu'en peint son frère : "being in Hopes her Brother had drawn a flattering Figure of her Cousin, she was extremely disappointed at finding the Original so handsome" (p. 99).

Avant cela cependant, il est important une fois encore de contextualiser le propos et de préciser la manière dont les contemporains de Lennox considéraient l'imitation en art, non pas dans le sens d'imitation du réel, comme l'explique l'ecclésiastique dans l'avant-dernier chapitre de *The Female Quixote* lorsqu'il réfléchit à l'intérêt que peut représenter la fiction ("The only Excellence of Falshood [...] is its Resemblance to Truth", p. 422), mais en termes d'intertextualité* ou, plus généralement, d'influence. Quand Arabella se réfère à plusieurs reprises à une imitation anglaise de Scudéry et de La Calprenède, *Parthenissa* de Roger Boyle (1654-1655), elle met en lumière un phénomène très fréquent aux XVIIe et surtout au XVIIIe siècles. À notre époque où le génie créateur est estimé à l'aune de l'originalité de ses créations, c'est-à-dire de leur potentiel novateur, voire transgressif, l'importance que le XVIIIe siècle attachait aux *grands modèles* (Virgile, Cervantès, Milton...) peut sembler surprenante. Cela s'explique en partie par la méfiance qui entourait l'imagination, faculté suspecte

(v. Repères, La prose fictionnelle en Grande-Bretagne au milieu du XVIIIe siècle). Dans les célèbres vers d'Alexander Pope “True Wit is Nature to Advantage dress’d / What oft was thought, but ne’er so well express’d” (Essay on Criticism, 1711; v. Outils, Exemple de sujet : l'art et la nature), “true wit”, c’est-à-dire un propos formulé d’une manière intelligente et incisive, n’est pas associé à l’originalité. Dans ce distique qui condense la pensée esthétique de son époque, l’idée exprimée n’a rien de nouveau : “what *oft* was thought” (nous soulignons). Cela ne signifie pas que cette conception ne pose aucun problème ; plus tard dans le siècle, dans le volume V de *Tristram Shandy* (1762), le narrateur de STERNE s’interrogera à ce sujet, non sans une certaine angoisse :

> Tell me, ye learned, shall we for ever be adding so much to the bulk—so little to the stock?
>
> Shall we for ever make new books, as apothecaries make new mixtures, by pouring only out of one vessel into another?
>
> Are we for ever to be twisting, and untwisting the same rope? for ever in the same track—for ever at the same pace?
>
> Shall we be destined to the days of eternity, on holy-days, as well as working-days, to be shewing the relicks of learning, as monks do the relicks of their saints—without working one—one single miracle with them? [2009]

Mais, dans l’ensemble, au milieu du siècle, dans la réflexion sur la nature de la création (littéraire, plus généralement artistique, ou dans d’autres domaines) qui parcourt le siècle pour se poursuivre bien au-delà, non seulement l’originalité n’est pas mise en valeur, mais la dette qu’une œuvre peut contracter envers une autre dont la place parmi les grandes créations de l’esprit humain ne fait aucun doute, est ouvertement reconnue. Ainsi, *Joseph Andrews* porte sur sa page de titre la précision : “Written in Imitation of the Manner of Cervantes, the Author of *Don Quixote*”. Logiquement, FIELDING appuie son jugement sur *The Female Quixote* sur une comparaison entre l’original que représente *Don Quichotte* et la copie qu’en propose Lennox. S’il commence par : “Cervantes hath the Advantage of being the Original; and consequently, is intitled to that Honour of Invention, which can never be attributed to any Copy however excellent” [1752], le reste de sa recension loue la façon dont Lennox s’est approprié l’idée originale de Cervantès.

Dans les discours critiques tenus par les contemporains de Lennox, le vocabulaire de l'imitation revient fréquemment, souvent pour mettre en valeur un point abordé dans la sous-partie précédente : *la valeur didactique de l'exemple.* FIELDING écrit ainsi, dès la première phrase de *Joseph Andrews* : "It is a trite but true observation, that examples work more forcibly on the mind than precepts" [1999], ce à quoi fait écho Edmund Burke quinze ans plus tard, dans son *Inquiry into the Origin of our Ideas of the Sublime and the Beautiful* (1757) : "It is by imitation far more than by precept that we learn every thing [...]. This forms our manners, our opinions, our lives. It is one of the strongest links of society" [in DALE, 2017]. C'est là une question qui fait l'objet d'un discours théorique à l'intérieur même de *The Female Quixote*, lorsqu'Arabella explique l'influence de l'exemple en matière de vertu et de vice (livre VII, chapitre VIII) :

> a virtuous Mind need not be shewn the Deformity of Vice, to make it be hated and avoided; the more pure and uncorrupted our Ideas are, the less shall we be influenced by Example. A natural Propensity to Virtue or Vice often determines the Choice: 'Tis sufficient therefore to shew a good Mind what it ought to pursue, though a bad one must be told what to avoid. In a Word, one ought to be always incited, the other always restrain'd. (p. 313)

Si ce discours ne fait l'objet d'aucun commentaire laudateur intra-diégétique comme celui que tient Arabella sur la raillerie, il rappelle quand même des propos de Johnson, qui avait probablement en tête les romans de Richardson, propos que cite une note de l'édition au programme :

> In narratives where historical veracity has no place, I cannot discover why there should not be exhibited the most perfect idea of virtue; of virtue not angelical, nor above probability, for what we cannot credit, we cannot imitate, but the highest and purest that humanity can reach, which, exercised in such trials as the various revolutions of things shall bring upon it, may, by conquering some calamities, and enduring others, teach us what we may hope, and what we can perform. (note 30, p. 457).

La prose romanesque peut ainsi proposer des modèles de vertu à imiter, à condition que nous soyons capables de suivre ces leçons.

Cette question de l'appropriation des modèles, c'est-à-dire du processus par lequel un élément autre, étranger, est intégré à ce qui est propre, à un individu ou à une culture, est posée de différentes manières dans *The Female Quixote*, à travers Arabella bien sûr, comme nous le verrons ci-dessous, mais aussi à partir de la thématique de la *traduction*, autre forme de relation entre un original et une copie qui pose plus directement la question de la relation avec l'autre, ici linguistique et culturel. Il est en effet significatif qu'Arabella lise les romans précieux français non pas dans la langue d'origine, qu'elle maîtrise pourtant parfaitement ("a perfect Mistress of the *French* and *Italian* Languages", p. 19), mais dans des traductions non seulement mauvaises, mais *très* mauvaises ("not in the original *French*, but very bad Translations", p. 19). De quelle sorte d'imitation s'agit-il alors ici, et dans quelle mesure les modèles que sont les œuvres sources sont-ils suivis ? Comme l'explique entre autres Lawrence Venuti dans *The Translator's Invisibility. A History of Translation* (Abingdon, Routledge, 1995), la traduction en Grande-Bretagne au XVIIIe siècle, comme en France, repose sur une conception acculturante. Les œuvres sources sont domestiquées dans une visée ethnocentrique qui tend à en gommer le caractère étranger, et dans le cas des *romances* d'Arabella, sans le moindre respect, sans aucun soin apporté à en rendre les caractéristiques. C'est *tout le rapport avec un autre culturel* qui se joue ici ainsi que dans d'autres passages de *The Female Quixote*, comme lorsqu'Arabella paraît à Bath :

> Some of the wiser Sort took her for a Foreigner; others, of still more Sagacity, supposed her a Scots Lady, covered with her Plaid; and a third Sort, infinitely wiser than either, concluded she was a Spanish Nun, that had escaped from a Convent, and had not yet quitted her Veil. (p. 298)

L'ironie* de la voix narrative, qui établit une hiérarchie de la sagesse ("still more", "infinitely wiser") à partir de suppositions absurdes, ridiculise ces spectateurs bien anglais incapables de distinguer entre tout ce qui ne leur ressemble pas : une femme qui ne s'habille pas comme eux ne peut qu'être une étrangère, écossaise (les Actes d'Union entre l'Écosse et l'Angleterre ont pourtant été signés en 1707, mais la méfiance reste de mise) ou espagnole, peu importe. Un voile religieux peut être pris pour un tartan, tout cela est mis sur le même plan, ce qui montre le peu d'intérêt pour l'altérité que manifeste l'assemblée, qui ne voit en elle qu'un sujet de moquerie : "Strangers are here most strictly criticized, and every new Object affords a delicious Feast of Raillery and Scandal" (p. 297).

De même, quand Arabella évoque la vallée de Tempé dans le chapitre III du livre VII, la réaction de sir Charles montre non seulement son ignorance sur les contrées étrangères, mais aussi son manque total d'ouverture à tout ce qui n'appartient pas à sa sphère propre :

> How ! interrupted Sir Charles, put a Man to Death for killing a Stork ! Ridiculous ! Pray, in what Part of the World did that happen? Among the Indians of America, I suppose.
>
> No, sir, said Arabella, in Thessaly; the fairest Part in all Macedonia [...].
>
> Dear Cousin, cried Glanville, who could hardly forbear smiling, what Chance, in the Name of Wonder, should take you into Turkey, at so great a Distance from your own Country?
>
> And so, said Sir Charles, this famous Valley of Tempe is in Turkey. Why, you must be very fond of travelling, indeed, Lady Bella, if you would go into the Great Mogul's Country, where the People are all Pagans, they say, and worship the Devil.
>
> The Country my Cousin speaks of, said Mr. Glanville, is in the Grand Signior's Dominions: the Great Mogul, you know, sir——
>
> Well, interrupted Sir Charles, the Great Mogul, or the Grand Signior, I know not what you call him [...]. (p. 295)

Ruth MACK explique :

> Sir Charles [...] comically, absurdly, misses the elaborate account of cultural difference that Arabella's explanation provides. To his ears, Arabella seems to describe the "Indians of America"; upon being told by his son Glanville that she is referring to a location in Turkey, he then promptly mistakes that country's ruler, naming the Great Mogul rather than the Grand Signor [...]. As is the case for the "wise" viewers in the pump room, for Sir Charles all difference seems to amount to the same thing. [2005]

Par contraste, Arabella, qui parle d'autres langues et qui s'intéresse aussi bien à la géographie qu'à l'histoire d'autres pays que l'Angleterre, fût-ce à partir des erreurs contenues dans ses livres, témoigne d'une curiosité et d'une ouverture à l'autre bien rares dans ce roman. En outre, en mettant en avant dès le premier chapitre la mauvaise qualité des traductions lues par l'héroïne, le roman présente d'emblée comme problématique la nature même de l'acte mimétique ainsi que la relation entre l'original et la copie, à garder à l'esprit pour envisager le mimétisme d'Arabella.

LA REPRODUCTION DU MÊME

La traduction anglaise de Les Femmes illustres ; Ou les Harangues héroïques (1642-1644) de Mlle de SCUDÉRY, au titre plus long, The Female Orators ; Or, the Courage and Constancy of divers famous Queens and illustrious Women, Set fort in their eloquent Orations and noble Resolutions, se voit en outre gratifiée de la mention suivante, dont l'équivalent ne figure nulle part dans l'original : "Worthy the Perusal and Imitation of the Female Sex" (nous soulignons) [1714]. L'œuvre propose ainsi explicitement des modèles, que l'héroïne de Lennox, en bonne (?) lectrice, s'efforce de suivre. Arabelle se vit avant tout, et ce de manière tout à fait consciente, comme une imitatrice, ce que souligne la voix narrative avec par exemple des expressions comme "after the Example of her Heroines" (p. 23) ou "those great Princes and Princesses, whose actions Arabella proposed for the Model of hers" (p. 72) ; cette dernière citation indique également qu'elle n'exclut pas les modèles masculins, ce qui prolonge le brouillage que nous avons déjà évoqué (v. Analyses thématiques, Masculin / féminin). Elle le reconnaît elle-même. Mieux, elle le proclame : il est noble, il est glorieux d'imiter ces personnes illustres ("the illustrious Heroines of Antiquity, whom it is a Glory to resemble", p. 60 ; "a noble Desire of emulating those [...] Actions which made those Persons so glorious in their Age, and so worthy Imitation in ours", p. 64 ; etc.). Elle recherche en outre des ressemblances avec ses lectures dans les situations qu'elle vit (par exemple, "this odd Request, for which there was no Precedent in all the Romances her Library was stuffed with", p. 144-145), ainsi que dans les personnes qu'elle rencontre, comme miss Groves, comparée à Candace : "Arabella could not help thinking she saw the beautiful

Candace before her, who, by Scudery's Description, very much resembled this Fair one" (p. 85). Cela n'a pas échappé à miss Glanville, qui déclare ainsi ironiquement : "I am always obliged to you for your Comparisons" (p. 235).

D'autre part, Arabella veut elle-même devenir un modèle pour de futures apprenties héroïnes, ce qu'elle exprime de la façon sans doute la plus éclatante dans le chapitre IX du livre IX :

> The Action we have it in our Power to perform will immortalize our Fame, and raise us to a Pitch of Glory equal to that of the renown'd Clelia herself.
>
> Like her, we may expect Statues erected to our Honour; Like her, be propos'd as Patterns to Heroines in ensuing Ages; And like her, perhaps, meet with Sceptres and Crowns for our Reward. (p. 404)

L'anaphore* "like her" et ce qui la suit, avec par exemple l'expression "be propos'd as Patterns to Heroines" ici ou "follow the Example I shall set you" (p. 405) un peu plus bas, soulignent la place centrale que s'octroie Arabella, au milieu d'une chaîne reliant les héroïnes qu'elle imite, en l'occurrence ici Clelia, et les jeunes filles qui l'imiteront à leur tour.

En cela, Arabella se conforme à la tradition du donquichottisme :

> Within the narrative, not only does the quixote, through their emulation and impressionable reading embody and parody a specific body of literature, but, as numerous critics have noted, they see themselves as models for other characters to follow, with the quixote as a link in a chain of emulation [DALE, 2022]

Arabella s'intègre de la sorte non seulement dans la lignée littéraire des personnages dérivés du héros de Cervantès, mais aussi, dans l'économie même de l'œuvre, dans une communauté, et plus spécifiquement une *communauté féminine*, puisque ce sont d'autres jeunes filles qu'elle incite à se jeter dans la Tamise pour imiter Clelia. Arabella, qui, rappelons-le, n'a pas de mère, exprime à plusieurs reprises dans le roman un besoin de compagnie féminine, avec miss Groves, avec miss Glanville et avec la comtesse : "she wished for nothing more passionately than an agreeable Companion of her own Sex and Rank" (p. 85). Il est bien sûr tout à fait possible de voir là une autre manifestation du narcissisme que révèlent les nombreux moments qu'elle passe devant son miroir ("which she often consulted", p. 19) : c'est une autre elle-même qu'elle recherche, surtout si elle parle le même langage qu'elle, comme la comtesse. Dans une perspective féministe, on peut aussi interpréter cette quête d'une compagnie féminine, cette solidarité dont Arabella fait preuve envers d'autres femmes (v. Analyses thématiques, Masculin / féminin), comme un besoin de proposer une autre voie que la société patriarcale dans laquelle les femmes sont quantité négligeable. Remarquons néanmoins qu'Arabella est également portée vers une femme bien loin de son milieu, dont la beauté constitue le seul point commun qu'elle puisse avoir avec l'héroïne : la bienveillance dont elle fait preuve envers la prostituée de Vauxhall Gardens suggère que, malgré son désir imitateur, Arabella est capable d'aller vers l'autre, ce qu'annonçait déjà son goût des langues et des cultures étrangères. Cela permet de comprendre autrement la fin du roman et le mariage de l'héroïne : Arabella finit par sortir de son désir de reproduction du même pour trouver un accomplissement vers l'autre, ce qui, dans le contexte de l'époque, pour une femme, ne peut signifier que le mariage, l'homme étant construit, on l'a vu, comme l'autre de la femme par essence (v. Analyses thématiques, Masculin / féminin). Zak WATSON lit la fin du roman d'une façon similaire, même si le point de départ est différent. Pour lui, Arabella apprend à rediriger son désir vers un objet capable de l'assouvir : "I read *The Female Quixote*'s turn from the romance to the novel as a way to end Arabella's erring [...] by supplying her desire with a tangible goal [...] Arabella has to learn to desire, to replace romantic erring with the conventional desires of a wife" [2011] (pour une autre interprétation de la fin, voir MEYER SPACKS [1988] : à partir des tout derniers mots du roman, "Affection of the Mind", Patricia Meyer Spacks conclut qu'Arabella est parvenue à refouler son désir).

Au-delà de l'intention mimétique avérée d'Arabella, le roman propose de nombreuses répétitions qui prolongent le motif de la duplication introduit avec le miroir d'Arabella, dans lequel se regarde également Charlotte Glanville (p. 112) – bel exemple de redoublement, qui peut aussi prendre la forme inverse de la dualité, c'est-à-dire le fait d'être double. Le même personnage peut ainsi avoir deux noms : Statira porte aussi le nom de Cleopatra (p. 365), Orantes et Oroondates sont la même personne, comme Glanville l'apprend à ses dépens (p. 68). Le même Glanville se voit rebaptisé Ariamenes dans la fiction construite par sir George, qui auparavant en avait fait de même avec sa laitière

Dolly / Dorothea et avec son grand-père, sir Edward Bellmour, devenu le prince Veridomer (p. 240), nom que sir George s'attribue en outre à lui-même. À l'inverse, plusieurs personnages portent le même nom, comme la femme de chambre d'Arabella et la prostituée qu'elle rencontre à Vauxhall Gardens, qui s'appellent toutes deux "Lucy", ou les Glanville, dont les prénoms présentent des variations minimes sur le même thème : s'il n'y a rien d'étonnant à ce que le père comme le fils s'appellent Charles (les prénoms se transmettaient souvent de père en fils), le fait que la fille porte la version féminine du même prénom est plus inhabituel et renforce l'effet de répétition, même si Charlotte était l'un des prénoms féminins les plus répandus au XVIIIe siècle. À ce sujet, est-ce pure spéculation que de voir dans cette Charlotte-là un autoportrait comique d'une autre, sa créatrice (dans un autre miroir, quelque peu déformant celui-là), qui se dépeindrait avec autodérision tiraillée entre *romance* et *novel*, jalouse de la fascination qu'exerce la *romance* incarnée par le personnage d'Arabella, qu'elle rejette en insistant sur des caractéristiques appartenant au *novel*, on l'a vu (v. Repères, Lennox dans son contexte littéraire immédiat), et dont elle subit l'attraction, puisqu'elle finit par épouser un auteur de *romances ?*

Si c'est aller un peu loin que de voir en Charlotte Glanville un double de Charlotte Lennox, le roman donne à lire bien d'autres *redoublements indiscutables*, qui, sur le mode humoristique, affectent même l'environnement naturel puisque, selon sir George, le soleil redouble d'éclat pour rivaliser avec les yeux d'Arabella ("the Sun shined with *double* Brightness", p. 161, nous soulignons). Dans une multiplication d'échos et d'images réfléchies caractéristiques d'ailleurs des *romances*, *The Female Quixote* contient deux femmes aux mœurs douteuses, miss Groves et Lucy la prostituée. Les cheveux d'Arabella donnent lieu à deux descriptions semblables (p. 21 et 306) ; Arabella est représentée deux fois au chevet de son père (livre I, chapitre X ; livre II, chapitre II) ; elle fait l'objet de deux tentatives de guérison, l'une par la comtesse, l'autre par l'homme d'Église ; Mr. Hervey fait deux apparitions, etc. De façon frappante, les mêmes arguments reviennent dans la bouche de personnages différents, souvent formulés sur deux modes différents, l'un léger, l'autre plus sérieux. Ainsi, sur l'insensibilité d'Arabella, l'accusation comique émise par Lucy: "You are the most hard-heartedest Lady I ever knew [...]; you don't care, if an hundred fine Gentlemen should die for you" (p. 200) annonce les remarques plus élaborées de l'ecclésiastique à la fin, à propos des batailles relatées dans les *romances*, "in which thousands are slaughtered for no other Purpose than to gain a Smile from the haughty Beauty, who sits a calm Spectatress of the Ruin and Desolation, Bloodshed and Misery, incited by herself" (p. 425). Quand elle fait remarquer à Arabella que son frère risque la peine de mort s'il se met à assassiner les hommes qui sont censés l'avoir offensée ("a strange kind of Virtue and Courage indeed, to take away the Lives of one's Fellow-Creatures ! How did such Wretches escape the Gallows, I wonder?", p. 150-151), Miss Glanville annonce les propos tenus par la comtesse, dans une construction dont le parallélisme – autre forme de duplication – est souligné par l'anaphore de "the same" : "The same Actions which made a Man a Hero in those Times, would constitute him a Murderer in These—And the same Steps which led him to a Throne Then, would infallibly conduct him to a Scaffold Now" (p. 368). L'échafaud a remplacé la potence, mais l'esprit reste le même.

Plusieurs éléments font de la comtesse un double d'Arabella, au premier rang desquels bien sûr une parfaite connaissance des romans précieux qui aurait pu provoquer la même folie : "[she] was likely to have been as much a Heroine as Lady *Bella*" (p. 363). Et miss Glanville se fait passer pour l'héroïne à la fin du roman. Mais c'est sans conteste la *relation mimétique entre Arabella et Lucy* qui fait l'objet du développement le plus élaboré dans *The Female Quixote*. Aaron HANLON a étudié le rapport mimétique entre le personnage donquichottesque et son serviteur :

> the quixote and her servant develop a degree of codependency and participate in a cyclical power transaction, the quixote wielding social privilege to get her servant to do her romantic "dirty work," and the servant mimicking the quixote as a stand-in or a double within the quixotic fantasy in order to remain within her mistress's good graces, or to prevent the higher-class quixote from falling into greater trouble. [2014]

À propos de *The Female Quixote* en particulier, Hanlon note que le roman contient une multitude de relations mimétiques avant de s'intéresser particulièrement à Lucy, qui, comme Sancho avec don Quichotte, fonctionne comme une version plus crue de sa maîtresse. Ainsi, quand sa voix est comparée à celle d'Arabella, la relation entre les deux est de l'ordre de l'écho : "*Arabella* hearing this Exclamation of her Woman's, echo'd her Screams, tho' with a Voice infinitely more delicate" (p. 338). Quand Arabella fond en larmes à la prétendue trahison de Glanville, Lucy l'imite sans savoir pourquoi, et pleure parce qu'Arabella pleure : "[Lucy] wept as heartily as her Lady, tho' ignorant of the Cause of her Affliction" (p. 291), avec une structure comparative en *as* / *as* qui met les deux personnages sur le même plan. Cette relation mimétique ("mimetic joining" pour Hanlon [2014]) se place aussi sur le plan linguistique, ce qui prolonge de façon humoristique les considérations ci-dessus sur l'imitation littéraire ; ainsi, Lucy réécrit la lettre rédigée par Arabella à Mr. Hervey, lettre écrite au nom de Lucy ("Lucy, *To the unfortunate Lover of her Lady*", p. 29), dans une relation mimétique tout de même assez embrouillée, puisque Lucy finit par recopier ("copied", p. 29) des mots écrits par une autre en son nom à elle. Dans cet exemple, qui imite qui ? Se pose aussi la question de l'auctorialité, qui rappelle les problèmes évoqués plus haut à propos de la traduction, et qui se retrouvent plus loin dans le roman. Dans un autre passage en effet, Lucy répète les mots d'Arabella en les tronquant : "Audience" et "Consolation" deviennent "Dience" et "Solation" (p. 354), modification humoristique qui fait écho (encore) à la manière dont Mrs Slipslop reprend et déforme les expressions de sa maîtresse lady Booby, dans *Joseph Andrews*. Au-delà de l'effet comique, la relation mimétique entre Arabella et Lucy et ces répétitions tronquées en particulier confirment la relation problématique entre l'original et la copie et suggèrent l'impossibilité de la reproduction à l'identique, ce que le psittacisme de Lucy, qui répète mécaniquement des mots qu'elle ne comprend pas, confirme par l'absurde. Pour que l'imitation soit réussie, *la médiation de la conscience* est indispensable. Il faut réfléchir pour réfléchir correctement, les deux sens du terme se rejoignent ; le reflet ne peut se faire de façon satisfaisante sans l'aide de la réflexion, qu'il s'agisse de traduction, d'imitation littéraire ou d'appropriation d'un exemple. Puisque, avec Lucy, Charlotte Glanville, la comtesse et bien sûr Arabella, les personnages féminins sont au cœur de ce dispositif mimétique, conçu dans le cas de l'héroïne comme constitutif de son identité, cela nous ramène ici à la question de la nature féminine.

LA "NATURE FÉMININE" (ENCORE) : UNE MISE EN SCÈNE DU SOI

"*The Female Quixote* is a new Quixote; ironically, despite her efforts to model herself on literary characters, Arabella (like Leopold Bloom) is modelled on a famous character without knowing it", écrit David MARSHALL [1993], soulignant que, pour le lecteur, les caractéristiques du personnage sont déterminées par celles d'un autre. Les pages précédentes l'ont suggéré, il est également très probable que Lennox ait modelé son Arabella au moins en partie sur des personnages de *novels* comme Sophia Western, peut-être aussi la Shamela de Fielding comme on l'a vu juste avant pour l'épisode où elle s'évanouit, et surtout Clarissa [voir BARTOLOMEO, 1996]. *L'identité problématique* d'Arabella est en fait déjà *inscrite dans son nom*. La note 4 dans l'édition au programme (p. 431) donne quelques indications sur la prévalence du prénom que Lennox a donné à héroïne dans la culture de son temps, notamment sur son ancrage dans le contexte littéraire. S'il évoque en premier lieu la sœur de Clarissa chez Richardson, Jodi WYETT suggère que Lennox a emprunté le prénom de son héroïne à lady Arabella Fermor, dédicataire du célèbre poème de Pope, *The Rape of the Lock* (1712-17) [2015]. Wendy MOTOOKA [1996] évoque quant à elle une princesse Arabella (ou Arbella) d'Angleterre ; de fait, lady Arbella Stuart (1575-1615), dont le nom rappelle celui de la première héroïne de Lennox, Harriot Stuart, était l'arrière-arrière-petite-fille d'Henri VII. Plus près de Lennox, Jacques II d'Angleterre eut une lady Arabella Churchill (1648-1730) pour maîtresse. L'héroïne de Lennox porte donc un prénom à la fois historique et littéraire – entre Histoire et histoire, lui aussi –, un prénom aux connotations troubles puisqu'il évoque aussi bien une vraie princesse que la sœur mesquine et jalouse de Clarissa chez Richardson, à qui Harriot Stuart faisait peut-être déjà allusion : Harriot Lucas est également l'un des pseudonymes grâce auxquels Clarissa espère échapper à Lovelace.

La complexité que laisse entendre le prénom d'Arabella transparaît également *dans son langage*. En cherchant à ressembler à ses héroïnes préférées, Arabella s'exprime comme elles : "she would sometimes compare herself to one Lady, sometimes to another, adapting their Sentiments, and making Use of their Language in her Complaints"

(p. 398). Cela mène à relativiser une expression comme "to use her *own* Language" (p. 23, nous soulignons), puisque le langage qu'affectionne Arabella et qui est censé lui être propre (*own*) est directement emprunté aux romans précieux : ce que les autres personnages prennent pour des idiosyncrasies linguistiques tient en réalité du lieu commun. Dans l'expression suivante : "a Sigh, which, as *Arabella* phras'd it, seemed to proceed from the deepest Recesses of her Heart" (p. 382), "as *Arabella* phras'd it" signale que le personnage ne fait ici que reprendre un cliché en usage entre autres dans les romans précieux. De fait, ce genre de catachrèses* constitue une grande partie de son langage. "to use her *own* Language" doit être lu en parallèle avec une autre expression employée par Glanville dans le passage suivant :

> [...] in the Language of Cleopatra, I shall tell you.——
>
> Upon my Soul, Madam, interrupted Glanville, I have no Patience with that rigorous Gipsy, whose Example you follow so exactly, to my Sorrow: Speak in your own Language, I beseech you; for I am sure neither hers, nor any one's upon Earth, can excel it. (p. 137-138)

Quel est ce langage dans lequel Glanville conjure Arabella de s'exprimer ? "your own Language" ici fait écho à "her own Language" précédemment pour désigner deux choses à première vue totalement différentes, le style précieux d'une part, et le langage beaucoup plus rationnel et spirituel qu'Arabella est censée pratiquer dans ses moments de lucidité, dans le dialogue avec l'ecclésiastique par exemple. Or, en dehors de ce dialogue (livre IX, chapitre XI), ce second type de langage est peu rapporté par la voix narrative ; les discours rationnels que sont censés entendre les autres personnages, "the agreeable Sallies of her Wit and her fine Reasoning" (p. 62), sont le plus souvent mentionnés sans être détaillés, ce qui conduit le lecteur à associer Arabella au style précieux. En outre, le discours sur la raillerie, qui suscite tant de compliments (livre VII, chapitre VI, p. 303), est en fait tiré d'*Artamène ou le Grand Cyrus*, par Madeleine et Georges de Scudéry. Contrairement à Lucy qui répète sans comprendre, Arabella a fait sien ce style, se comportant comme une actrice qui devient un personnage. Elle a développé ses idées propres, sur la générosité, sur le courage, à partir de modèles qu'elle s'est appropriés au point de se confondre avec les rôles qu'elle joue, comme on l'a vu dans le passage extrait du chapitre XIII du livre VII, où elle "fait comme si" elle perdait connaissance et y croit réellement. "Personality is a rôle", écrit Margaret DOODY [2008] à propos d'Arabella et de la façon dont elle modèle son identité, notamment à partir de ses costumes ; ce que suggère *The Female Quixote* à travers Arabella, c'est que l'identité féminine, malléable et complexe, se construit dans une démarche fondamentalement mimétique.

Les nombreuses allusions au *théâtre* dans le roman prennent alors tout leur sens. Le dramaturge William Congreve (1670-1729), auteur entre autres de *Love for Love* (1695), est mentionné p. 171, ainsi que David Garrick, "the Soul-moving *Garrick*", le plus grand acteur de son temps, qui fut également ami de Johnson et correspondant de Lennox, auteur, et directeur du théâtre de Drury Lane depuis 1747, au moment où Lennox écrit *The Female Quixote*. Sir George est tragédien (p. 286). Le vocabulaire théâtral revient fréquemment, par exemple le mot "scene" dans des expressions comme "Mr. *Hervey*, not yet recovered from his Surprize, stood some Moments considering the strange Scene he had been Witness to" (p. 34) ou "As diverting as this Scene was" (p. 223). Le public est mentionné à travers "Audience", répété à plusieurs reprises (p. 145, 272, 300, 344), et "Spectatress" (p. 425). Selon Nora NACHUMI, pour des romancières du XVIIIe siècle comme Frances Burney, le théâtre permettait d'articuler une réflexion sur l'identité féminine, dans une analyse qui s'applique également à Lennox :

> The theater called attention to the fact that women could assume fictional roles. In doing so, it offered women an alternative to models of female nature that insisted on a direct correlation between their appearance and their quality of mind. At the same time, it provided female novelists with images and tropes which helped them to dramatize the performative nature of female experience. [2008]

C'est bien à *la nature dramatique de l'identité féminine*, en d'autres termes, à la succession de rôles que joue une femme dans sa vie, que Lennox s'intéresse dans l'ensemble de son roman. En effet, à l'exception du métarécit* proposé par sir George dans le livre VII, où le baronnet se met en scène, l'objet que regardent les spectateurs est toujours une femme. On évoquait ailleurs (v. Analyses thématiques, Masculin / féminin) le spectacle qu'offre Arabella en pleurs au début du roman ;

les précisions sur la place de Glanville, debout non loin d'elle ou assis en face ("he stood at some Distance contemplating her Face", p. 50 ; "Glanville, who sat opposite to her, could not help gazing on her", p. 58), renforcent sa position de spectateur, légèrement en retrait la première fois, aux premières loges la seconde.

Dans deux passages situés cette fois-ci à la fin du roman, semblant faire pendant à ces deux extraits du début, le spectateur devient une spectatrice, Arabella, qui change de rôle : d'objet regardé, elle devient sujet regardant. Dans les deux cas, la dimension théâtrale se fait explicite ; de largement subjective qu'elle était auparavant, dans l'œil du spectateur, elle devient objective, dans la situation même. Dans la première de ces scènes, située dans Vauxhall Gardens, une prostituée déguisée en homme est repérée par l'un de ses compagnons qui fait semblant de la provoquer en duel :

> The disguis'd Lady whom she was endeavouring to approach, had thrown herself upon a Bench in one of the Boxes, trembling still with the Apprehension of the Sword, tho' her Antagonist was kneeling at her Feet, making Love to her in Mock-Heroics for the Diversion of the Company.
>
> Her Hat and Peruke had fallen off in her Fright [...] Arabella was equally struck with Compassion and Admiration of her. (p. 376)

La jeune femme procure un spectacle que le public trouve divertissant ("the Diversion of the Company") ; la dimension théâtrale présente dans "Mock-Heroics" (l'homme à genoux joue un rôle) est renforcée par la polysémie de *box*, qui ici désigne un salon de verdure, mais qui signifie également "loge." La compassion d'Arabella ne l'empêche pas de remarquer la beauté de la jeune femme ("Admiration"), c'est-à-dire que son intérêt est également d'ordre esthétique : quoique dans une moindre mesure que les autres personnes présentes, elle aussi apprécie la détresse qu'elle voit avec le détachement d'une spectatrice. Le second passage, évoqué dans la section précédente, décrit une mise en scène destinée à Arabella seule et élaborée par sir George, qui a fait appel à une actrice professionnelle pour jouer Cynecia :

> she could distinguish [...] two Women seated on the Ground, their Backs towards her, and one of them, with her Head gently

> reclin'd on the other's Shoulder, seem'd by her mournful Action to be weeping; for she often put her Handkerchief to her Eyes, breathing every Time a Sigh, which, as Arabella phras'd it, seemed to proceed from the deepest recesses of her Heart. [...] she heard her distinctly utter these Words, which however were often interrupted with her Sighs.
>
> Ah ! Ariamenes [...]
>
> Here her Tears interrupting her Speech, Arabella being impatient to know the History of this afflicted Person, came softly round to the other Side, and shewing herself, occasion'd some Disturbance to the sad Unknown; who rising from her Seat, with her Face averted, as if ashamed of having so far disclosed her Sorrows in a Stranger's Hearing, endeavour'd to pass by her un-notic'd (p. 382-83)

Les gestes ("action") et accessoires convenus sont là : les larmes, le mouchoir qui les représente par métonymie. Les paroles attendues sont prononcées ; les soupirs sont poussés au moment adéquat. La situation a été mise en scène par sir George, dont Lennox a pris soin de préciser auparavant qu'il était dramaturge, auteur de cinq tragédies, "some quite, others almost finished" (p. 286) – son goût du théâtre le rapproche du libertin Lovelace dans *Clarissa*, qui, s'il dit abhorrer l'hypocrisie, met constamment en scène le monde autour de lui et se plaît à citer de nombreux auteurs dramatiques. Or, au milieu du XVIIIe siècle en Grande-Bretagne, la tragédie n'a pas le vent en poupe, même si elle reste auréolée d'un certain prestige ; c'est la comédie de mœurs qui domine, ou la pièce satirique, ou encore le mélodrame bourgeois. Mentionner la tragédie, c'est faire allusion principalement aux dernières tragédies à avoir connu le succès au tournant des XVIIe et XVIIIe siècles, toujours représentées à l'époque de Lennox, qui sont celles de Thomas Otway (*The Orphan*, 1680) ou de Nicholas Rowe (*The Fair Penitent*, 1703), appelées en anglais *she-tragedies* ; ces tragédies féminines étaient le plus souvent organisées autour d'une héroïne jeune et vertueuse, interprétée par une actrice et non plus par un acteur, depuis 1662. La tragédienne émeut les foules par ses larmes et fait pleurer les spectateurs, popularisant sans doute aussi paradoxalement l'idée qu'une femme qui pleure est une actrice qui se donne en spectacle.

Avec "Cynecia", Arabella est confrontée à une véritable actrice qui lui renvoie comme un miroir l'image d'une belle aristocrate amoureuse d'un homme qui n'est autre que Glanville. Cynecia elle aussi a une confidente et emploie l'adverbe "questionless" (p. 384), qu'Arabella affectionne tant. Plus profondément, le reflet que Cynecia propose à Arabella révèle également que deux actrices se font face, dont l'une n'a pas conscience de jouer la comédie. On a vu plus haut (v. Analyses thématiques, Masculin / féminin) qu'Arabella se construisait elle-même en objet du regard masculin ; son pouvoir vient donc de sa subordination absolue à une économie masculine du désir dans laquelle elle se fantasme et dont elle tire toutes les conséquences. Nous pouvons ici prolonger cette analyse à partir de la métaphore théâtrale : l'existence d'Arabella est une succession de rôles qu'elle se choisit et qu'elle endosse selon le public, de genre masculin. Par son mimétisme, elle assume pleinement, elle revendique la "mascarade de la féminité" dont parle la philosophe Luce Irigaray [1977]. Irigaray, dont Thomas SCHMIDT [1997] utilise les travaux pour étudier *The Female Quixote*, conçoit la construction de l'identité en lien avec le milieu social et historique dans lequel vivent les individus, et analyse comment l'identité féminine en particulier est déterminée par les différents rôles que l'idéologie patriarcale lui assigne. Cette dépendance à l'égard du regard masculin explique pourquoi l'identité féminine est plus souple, moins rigide que l'identité masculine ; au lieu de lutter contre cette subordination, Arabella s'approprie les différents rôles attribués aux femmes (certains d'entre eux, en tout cas), seul moyen, dans le contexte qui est le sien, d'exercer une forme d'agentivité.

La plasticité de l'identité féminine explique pourquoi celle-ci, toujours selon Irigaray entre autres, est *multiple*, comme est multiple Arabella, qui endosse les rôles de Cleopatra, de Candace, de Clelia et des autres. Sa singularité vient du fait qu'elle est plurielle, comme en témoigne son emploi récurrent de la première personne du pluriel pour faire référence à elle-même ("*us*" p. 23), mais aussi de la troisième personne du singulier, à laquelle elle a recours pour désigner la personne à qui elle s'adresse : "Can *Glanville* be innocent towards *Arabella*?" (p. 394). Avec ces deux stratégies, le "je" d'Arabella disparaît, noyé dans un pluriel vague, et devient pour ainsi dire autre, mis à distance à la troisième personne. Le roman peut alors se lire comme une quête d'identité de la part de l'héroïne, qui, grâce à la maïeutique menée à bien par l'homme d'Église, arrive à découvrir qui elle est : "The question-and-answer session that Arabella undergoes with the clergyman resembles nothing so much as Freudian analysis in its attempts to 'lead' her to self-discovery", explique Thomas SCHMIDT [1997]. "[D]iscover me to myself" (p. 412), lui dit-elle : la découverte qu'elle réclame vient ici inverser le motif du voile que nous évoquions plus haut, qui, lui, au contraire, couvre. Les deux pronoms de la première personne, "me" et "myself," suggèrent néanmoins un dédoublement du moi, voire un éloignement entre différents aspects de la psyché d'Arabella qui continue à en souligner la pluralité. En fin de compte, en mettant en évidence les dimensions mimétique, dramatique et multiple d'Arabella, Lennox dépeint dans *The Female Quixote* une nature féminine beaucoup plus complexe que l'idéologie de son époque ne voudrait le faire croire.

LIRE (DANS) *THE FEMALE QUIXOTE*

À l'exception de l'épisode de Cynecia dans le livre IX, où le lecteur a accès à la scène en même temps qu'Arabella dans des chapitres dont l'un est qualifié de très mystérieux ("A very mysterious Chapter", chapitre V, p. 389), la structure narrative de *The Female Quixote* fonctionne tout au long selon le même principe : une situation est décrite, puis Arabella en propose une interprétation absurde, souvent suivie par les réactions d'autres personnages. Dans le chapitre VII du livre I par exemple, la voix narrative présente objectivement le jeune jardinier Edward,

> a young Fellow […], who had lived in several Families of Distinction. He had a good Face; was tolerably genteel; and having an Understanding something above his Condition, joined to a great deal of second-hand Politeness, which he had contracted while he lived at London, he appeared a very extraordinary Person among the Rustics who were his Fellow-Servants. (p. 35)

Un bref historique de sa vie est donné, ainsi qu'une description de sa personne : des expressions comme "above *his Condition*" et "*Fellow-Servants*" (nous soulignons) ne laissent aucun doute sur le fait que ce jeune homme est bien un domestique dans la "réalité" du roman. Puis Arabella intervient, et, avec elle, le filtre de sa perception :

> Arabella […] had frequent Opportunities of seeing this young Man, whom she observed with a very particular Attention. His Person and Air had something, she thought, very distinguishing. When she condescended to speak to him about any Business he was employed in, she took Notice, that his Answers were framed in a Language vastly superior to his Condition;

> and the Respect he paid her had quite another Air from that of the awkward Civility of the other Servants.
>
> Having discerned so many Marks of a Birth far from being mean, she easily passed from an Opinion that he was a Gentleman, to a Belief that he was something more [...]. (p. 35)

L'accent est mis ici sur la subjectivité d'Arabella : la perception que dénote *see* dans la première phrase laisse ainsi la place immédiatement à l'appréhension intellectuelle avec *observe*, tandis que l'impression que produit l'aspect du jeune homme est mise en évidence par deux fois avec la répétition de *air*. L'ensemble est explicitement passé au crible de la pensée de l'héroïne, avec "she thought". Cette construction met en relief le passage de la "réalité" (telle qu'elle est donnée dans l'univers diégétique du roman) et son appréhension par le prisme de la conscience d'un personnage qui l'interprète, ou le passage des signes, "Marks", à leur interprétation, c'est-à-dire la démarche *herméneutique* dans laquelle l'héroïne tout autant que son lecteur sont engagés. En d'autres termes, Arabella lit métaphoriquement le monde autour d'elle par le prisme de ses lectures, comme le lecteur lit littéralement les aventures du personnage éponyme de *The Female Quixote; Or, The Adventures of Arabella*. Dans cette dernière sous-partie, nous réfléchirons pour conclure à la place centrale qu'occupe l'interprétation dans ces deux formes de lecture.

ARABELLA, LECTRICE IDÉALE ?

Arabella croit tellement à la réalité de ce qu'elle lit qu'elle calque sa propre existence sur ce qu'elle prend pour les modèles que sont censés lui proposer les romans héroïques. Ses volumes sont ce qu'elle a de plus cher, ce qui explique l'importance suprême qu'elle accorde par extension au mot écrit et justifie *l'anthropomorphisme* avec lequel elle les considère. "Books, which supplied the Place of all Company to her" (p. 111), par exemple, souligne le prix qu'elle accorde à ses ouvrages, dont elle préfère la fréquentation à celle de nombre d'êtres humains, tandis qu'elle s'adresse au billet de sir George avec une hypallage* qui pour elle n'en est pas vraiment une, puisque c'est peut-être bien le message, plutôt que son auteur, qu'elle juge présomptueux: "Presumptuous Paper! said she, speaking with great Emotion to the Letter" (p. 199). Un peu plus loin sur la même page, elle se propose en outre de le renvoyer intact, "uninjured" (p. 199), c'est-à-dire littéralement non blessé, terme qui serait employé pour un humain. Quand son père s'apprête à faire brûler ses livres, ce sont des personnages (des personnes ?) qui, pour elle, vont périr dans les flammes, et non des volumes de papier qui seront consumés: "many illustrious Heroes and Heroines [...] were going to be cast into the merciless Flames" (p. 72), victimes innocentes de la tyrannie paternelle pour Arabella ("innocent victims", p. 74). Cela fait-il d'Arabella une lectrice idéale ? C'est l'une des pistes qu'évoque Laurie LANGBAUER :

> Another way to read the mad Arabella is as the novelist's fantasy of wish-fulfillment. She is the ideal reader, completely given over to the sway of the text, attesting to the power of romance, a power the novelist desires for her form too. [1990]

Arabella appartient à un type de lecteur que, dans son modèle rhétorique des publics (*Narrative as Rhetoric: Techniques, Audiences, Ethics, Ideology*, Columbus, Ohio State University Press, 1996), James Phelan appelle "narratif": le temps de la lecture, ces lecteurs considèrent comme réels les personnages et les événements d'une fiction. Il s'agit là d'une lecture naïve qu'Arabella pousse à l'extrême. Si un public narratif suspend volontairement son incrédulité, en reprenant l'expression célèbre de Coleridge qui parle de "willing suspension of disbelief" à propos de l'opération mentale par laquelle un lecteur accepte de laisser de côté toute distance critique lors de sa lecture, Arabella étend ce comportement en dehors de ses livres, que la suspension de son incrédulité soit consentie ou non ; elle l'est, si l'on considère qu'elle est consciente de sa folie et qu'elle choisit d'y rester, comme nous l'avons vu auparavant.

Quoi qu'il en soit, pour Henry FIELDING, la folie d'Arabella, "high on heroines" selon l'expression de Rachel BROWNSTEIN [1984], paraît plus crédible que celle de don Quichotte :

> as we are to grant in both Performances, that the Head of a very sensible Person is entirely subverted by reading Romances, this Concession seems to me more easy to be granted in the Case of a young Lady than of an old Gentleman [...]. I make no Doubt but that most young Women of the same Vivacity, and of the same

> innocent good Disposition, in the same Situation, and with the same Studies, would be able to make a large Progress in the same Follies. [1752]

À l'inexpérience de la jeunesse s'ajoute, dans le contexte, le caractère influençable des femmes, dû à leur prétendue faiblesse intellectuelle, qui les rend plus aptes que les hommes à prendre ce qu'elles lisent pour le reflet exact de la réalité d'une part, et à vouloir imiter cette représentation de l'autre. Dans le passage ci-dessous, Debra Malina s'appuie sur deux romancières, l'une presque contemporaine de Lennox (Clara Reeve, 1729-1807), l'autre légèrement postérieure (Maria Edgeworth, 1768-1849), pour préciser ce point :

> "Women, who have been addicted to common novel-reading are always acting in imitation of some Jemima or Almeria, who never existed," wrote Maria Edgeworth. In The Progress of Romance, Clara Reeve's spokeswoman Euphrasia informs her friends that French heroic romances so intermingled truth and fiction "that a common reader could not distinguish them, [and] young people especially imbibed such absurd ideas of historical facts and persons, as were very difficult to be rectified." Romance, says Euphrasia, "taught young women to deport themselves too much like Queens and Princesses." Women, according to Lennox's contemporaries, "are particularly susceptible to reading passionately"; their passive roles render them "infinitely receptive," and they become "imitative readers who, evidently, tend to repeat in life what they read in fiction." This tendency may present serious dangers when the fiction is romantic, for "romances elicit 'amourous passions… which are apt to insinuate themselves into their unwary Readers,'" and who knows what havoc the lust of women might wreak once aroused! [1996]

Les extraits cités dans la dernière phrase proviennent de *The Ladies Calling* de l'ecclésiastique Richard Allestree, publié en 1677, ce qui souligne que *The Female Quixote* s'insère chronologiquement au cœur d'une période où la *lecture au féminin est vue avec suspicion* (la citation de la phrase précédente est de la critique Marilyn Butler).

Cette vision de la lectrice, associée au prestige général du masculin et à la dévalorisation concomitante du féminin, est la première des deux raisons pour lesquelles le lecteur dans *The Female Quixote* est "genré" au masculin. En effet, quand le lecteur est présumé féminin dans un roman du XVIIIe siècle, cela ne présage en général rien de bon. Le Tristram Shandy de Laurence STERNE en particulier traite le plus souvent avec condescendance une certaine "Madam", qu'il accuse par exemple de ne pas suivre correctement son propos : "How could you, Madam, be so inattentive in reading the last chapter?" [2009]. L'autre raison est de nature linguistique. Dans le titre du chapitre I du livre V par exemple, "in which the Reader may take what Part he pleases" (p. 205 ; voir aussi le titre du chapitre VII du livre VIII, "In which, if the Reader has not anticipated it, he will find an Explanation of some seeming Inconsistencies in the foregoing Chapter," p. 367), le pronom "he" est à prendre dans le sens général et non genré, comme l'indique la deuxième définition de "he" dans le dictionnaire de Johnson : "the man: the person". Cette généralisation n'entre en revanche pas dans la définition de "she" et fait de "he", dans les textes contemporains du roman de Lennox, un équivalent du masculin dit universel en français. Le titre du chapitre II du livre V, juste après celui qui vient d'être cité, ne laisse aucun doute sur l'intention généralisante de Lennox : "[…] *a Person* ought not to be too hasty, in deciding a Question *he* does not perfectly understand" (p. 212, nous soulignons) ; cela n'empêche d'ailleurs pas des critiques comme Debra Malina ou Zak Watson, par exemple, de considérer le lecteur implicite* comme une femme [MALINA, 1996 ; WATSON, 2011]. Les deux raisons sont d'ailleurs liées, la seconde confirmant par le biais du langage l'imposition d'une norme masculine.

Et pourtant, un lecteur aussi respecté que Johnson n'hésite pas à évoquer l'intérêt d'une forme d'identification entre lecteur et personnage, comme l'explique Patricia MEYER SPACKS :

> Johnson himself had eloquently described the mental action of identification with figures evoked by a text. "All joy or sorrow for the happiness or calamities of others is produced by an act of the imagination, that realises the event however fictitious, or approximates it however remote, by placing us, for a time, in the condition of him whose fortune we contemplate; so that we feel, while the deception lasts, whatever motions would be excited by the same good or evil happening to ourselves" (The Rambler, no. 60, 3:318-19). Although they raise the possibility of the "fictitious," these words refer specifically to biography; but the process of identification Johnson evokes of course applies equally well to the experience of reading fiction. [1988].

Certes, le terme "deception" a des connotations négatives, mais l'identification à un personnage fictionnel grâce à l'imagination possède une valeur didactique, dans la lignée de ce que nous avons vu dans la sous-partie précédente sur l'importance de l'exemple. L'investissement d'un lecteur dans sa lecture, son identification avec des personnages n'est donc pas en soi à proscrire, à condition qu'ils s'accompagnent d'une *distance critique*, comme c'est le cas pour la comtesse, "a critical woman reader", pour Jodi WYETT [2015] : "she herself had, when very young, been deep read in Romances; and but for an early Acquaintance with the World, and being directed to other Studies, was likely to have been as much a Heroine as Lady *Bella*" (p. 363). Grande lectrice de romans précieux, la comtesse n'a pas connu le même sort qu'Arabella et, dans une moins mesure, les lectrices décrites dans la citation de Debra Malina ci-dessus, en raison de ses études et de sa connaissance du monde qui l'entoure ; cela suggère *a contrario* que les jeunes filles sont plus influençables à cause de l'instruction limitée qu'elles reçoivent, plutôt que d'une faiblesse intellectuelle qui leur serait naturelle. Cette distance critique est également celle dont le lecteur caractérisé* de *The Female Quixote* est censé faire preuve, comme l'indique par exemple le titre du chapitre VI du livre II, "Containing what a *judicious* Reader will hardly approve" (p. 96, nous soulignons). Si la lecture naïve d'Arabella peut éventuellement représenter un fantasme pour certains romanciers, dans le cas de Lennox, une telle lecture irait à contre-courant du roman qui, sinon, perdrait sinon tout son humour et une grande partie de son intérêt ; le lecteur doit être judicieux et lire contre Arabella, et non avec elle.

LIRE ARABELLA : TRANSPARENCE ET OPACITÉ

C'est bien sûr ce manque de recul critique, en d'autres termes sa *croyance absolue en la transparence des signes*, qui rend si problématique la lecture d'Arabella, dans les deux sens : la lecture telle que la conçoit Arabella, et la lecture que les autres personnages font de l'héroïne. L'apparence et l'essence sont pour elle la même chose : si des bandits de grands chemins possèdent une certaine prestance ("of a genteel Appearance", p. 292), ce sont donc des personnes de qualité, suivant le raisonnement qu'elle avait déjà adopté avec Edward.

Étrangère à l'artifice – même si, on l'a vu, il convient de nuancer cette affirmation (v. Outils, Exemple de sujet : l'art et la nature) –, elle laisse voir ses sentiments sans les déguiser, dans une correspondance parfaite entre la surface de son corps et les émotions qu'elle éprouve, sans médiation : "Disgust [...] shewed itself immediately in her fair Face" (p. 42), par exemple. Maîtresse d'une servante dont le prénom évoque la lumière dans laquelle elle pense vivre, elle s'ouvre entièrement à elle ("Lucy, to whom she communicated all her Thoughts", p. 49), et il n'est guère étonnant qu'elle soit par trois fois associée au diamant, symbole de la transparence ("a Knot of Diamonds", p. 21 ; "small Knots of Diamonds" et "The Sleeves were [...] fastned [*sic*...] with Diamonds", p. 306).

Cette croyance en la transparence est également, et sans doute même en premier lieu, d'ordre *linguistique*. Pour Arabella, en termes saussuriens, la relation entre signifiant et signifié est motivée et non arbitraire ; ou, pour le dire plus simplement, il existe une adéquation entre le mot et la chose, vision utopique caractéristique d'un personnage donquichottesque [Dale, 2022], qui renvoie au cratylisme que nous évoquions ailleurs (v. Analyses thématiques, De la parodie à la satire). Dans la perspective d'Arabella, *le langage est le monde*, ce qui explique l'anthropomorphisme relevé plus haut et la valeur *performative** qu'elle accorde aux mots. Pour elle, dire une chose, c'est la faire advenir : "If he be sick almost to Death [...], he will recover, if I command him to do so", affirme-t-elle ainsi (p. 29). Le mot parlé ou écrit se voit doté par elle d'un pouvoir qui confine à la toute-puissance : "she had always imputed Mr. Hervey's fansied attempt to carry her away, to the Letter she had written to him" (p. 40). En cela, Arabella se montre la digne représentante des romans précieux et de la *romance* en général, lieu par excellence de la transparence, et l'héritière d'une conception qui s'appuie sur la vision d'un langage référentiel, que Michel Foucault décrit ainsi dans *Les Mots et les choses* :

> la grande utopie d'un langage parfaitement transparent où les choses elles-mêmes seraient nommées sans brouillage, soit par un système arbitraire, mais exactement réfléchi (langue artificielle), soit par un langage si naturel qu'il traduirait la pensée comme le visage quand il exprime une passion (c'est de ce langage fait de signes immédiats que Rousseau a rêvé au premier de ses Dialogues). [1966]

La *romance* déploie les deux types de langage décrits par Foucault : la lecture métaphorique s'y fait intuitivement, "sans brouillage", comme le démontre le métarécit* de sir George avec des expressions comme "Her Words discovered as much, and her Eyes spoke yet more intelligibly" (p. 261). Il suffit de regarder quelqu'un pour tout savoir de cette personne, dont les sentiments s'affichent sur son visage de façon immédiatement intelligible. La métaphore de la lecture ici se voit littéralisée quelques pages plus haut : "beholding her with Eyes, in which the Letters of my new-born Passion might very plainly be read" (p. 259). Ce n'est plus la passion elle-même, mais les lettres avec lesquelles elle s'écrit qui se lisent dans les yeux du narrateur, révélant à quel point tout est langage dans une *romance*, y compris, et peut-être en premier lieu, le corps des héros et des héroïnes dont les gestes sont autant de signes que leur entourage comprend là encore immédiatemment, puisque chacun partage le "système arbitraire" qui en définit le sens.

Une telle conception se voit mise à mal de façon comique dans le roman où Arabella, qui se croit transparente, se heurte à l'incompréhension de tous, qu'il s'agisse de son langage ou de ses gestes. Le roman ne cesse en effet de donner des exemples de *l'opacité des signes* : William trouve le billet d'Arabella parfaitement incompréhensible, "the most unintelligible Stuff in the World" (p. 30), ce à quoi Mr. Hervey fait écho quelques pages plus loin en s'adressant à Arabella : "I don't understand a Word you say" (p. 33). Le schéma mis en place au début du roman se reproduit à de multiples reprises, comme en témoignent les nombreux passages où Glanville en particulier ne parvient pas à trouver un sens à la conduite de la jeune fille : "I am quite at a Loss to understand you" (p. 51) ou "*Glanville* was racking his Brain to find out the Meaning of those mysterious Words she had uttered at leaving him: He examined them twenty times over, but could not possibly penetrate into their Sense" (p. 196), entre autres exemples. Tous les autres personnages ressentent la même perplexité, comme ici miss Glanville ("having nothing to say in Answer to an Accusation she did not understand," p. 146) et sir Charles ("a little puzzled to understand the Meaning of these Words, which the grave Looks of *Arabella* made yet more mysterious," p. 192). Il en va de même des signes codifiés auxquels l'héroïne a souvent recours, instantanément compris dans un roman précieux, mais dont le caractère arbitraire demande un apprentissage de la part des personnages qui entourent Arabella. Là encore, quelques exemples :

"she made a Sign for him to retire [...] he did not obey her, for really he was quite unacquainted with these Sorts of dumb Commands" (p. 51); "she made a Sign to him to be gone [...] but finding he seemed disposed to stay longer, [...] by some very significant Frowns, gave *Glanville* to understand his Stay was displeasing" (p. 74); "making a Sign to Mr. *Glanville*, who could not comprehend what she meant" (p. 222); "*Arabella* [...] made a Sign with her Hand, very majestically, for him to be gone; but he, not able to comprehend her Meaning, stood still" (p. 290), etc.

À la transparence prônée par Arabella semble donc s'opposer l'opacité des signes telle que la décrit la romancière. Cette conclusion n'est cependant pas entièrement satisfaisante, ne serait-ce qu'à cause du prénom que Lennox a donné à son héroïne, surtout dans sa forme abrégée très souvent employée dans le roman, "Bella". Que ce soit dans le sens de *belle* en anglais, que le dictionnaire de Johnson définit comme "a young lady", ou en référence à sa beauté, que dénote l'adjectif en français et plus directement en italien (deux langues, Lennox a pris soin de le préciser très tôt, qu'Arabella maîtrise parfaitement – p. 19), son prénom est transparent : c'est une belle jeune fille. Comme pour les personnages d'une pièce satirique, ou comme ceux d'une allégorie* comme *The Pilgrim's Progress* de John Bunyan (1678) qui ont pour nom Christian (représentant de tous les chrétiens), Obstinate (qui est obstiné) ou Help (qui sauve Christian), l'adéquation est parfaite entre le nom et la personne d'Arabella, que ce soit sur le plan physique ou sur le plan moral (elle est aussi belle à l'intérieur qu'à l'extérieur), ce qui semble aller à l'encontre de l'herméneutique critique décrite ci-dessus. La même difficulté apparaît, si l'on considère les costumes d'Arabella. Nous avons évoqué le changement fondamental de paradigme que subit le corps féminin au milieu du XVIIIe siècle (v. Analyses thématiques, Masculin / féminin). Ce changement affecte entre autres les vêtements, qui se voient investis d'une valeur symbolique plus forte que par le passé. Comme l'explique Erin LABBIE (analyse poursuivie par Amy HODGES [2013]) :

> During the mid-eighteenth century, gender roles and constructs, previously maintained as social categories, became invested with a categorically ontological rigidity. The shift brought with it a new focus on female sartorial ornamentation and a commodification of fashion markers. In other words, as women's ontological status

began to inhabit their social status, making evident a collapse between interiority and exteriority, as well as surface and depth, which continues to be at work today, a perception of women as sites and objects of exchange began to be expressed through increasing commodification and distribution of fashion and its hygienic paraphernalia. [1998]

La relation entre les vêtements, surtout ceux d'une femme (mais pas exclusivement) et son identité, est ainsi clairement d'ordre métonymique, entre possesseur et chose possédée, comme l'est celle que l'on constate entre le château du marquis et la personnalité de son propriétaire : "the Inside of the Castle was adorned with a Magnificence suitable to the Dignity and immense Riches of the Owner" (p. 18). Or les choses se compliquent, quand on examine la description des robes d'Arabella. Le meilleur exemple est celui de la robe qu'elle se fait faire pour le bal de Bath, "a Habit singular to the last Degree" :

> She wore no Hoop, and the Blue and Silver Stuff of her Robe, was only kept by its own Richness from hanging close about her. It was quite open round her Breast, which was shaded with a rich Border of Lace; and clasping close to her Waist, by small Knots of Diamonds, descended in a sweeping Train on the Ground.
>
> The Sleeves were short, wide, and slashed, fastned in different Places with Diamonds, and her Arms were partly hid by half a Dozen Falls of Ruffles. Her Hair, which fell in very easy Ringlets on her Neck, was plac'd with great Care and Exactness round her lovely Face; and the Jewels and Ribbons, which were all her Head-dress, dispos'd to the greatest Advantage.
>
> Upon the whole, nothing could be more singularly becoming than her Dress; or set off with greater Advantage the striking Beauties of her Person (p. 306)

La relation métonymique est posée dans la dernière phrase : rien ne saurait mieux convenir au corps d'Arabella que la robe qu'elle porte. Mais la description se prête aussi à d'autres niveaux de lecture. La phrase sur les cheveux d'Arabella en particulier permet, on l'a vu ailleurs (v. Outils, Exemple de sujet : l'art et la nature), de réfléchir à la nature complexe de l'héroïne ; surtout, le polyptote *richness / rich* (de surcroît, l'adjectif est répété deux fois), les diamants (*diamonds* est aussi répété), les dentelles, les joyaux, tous ces signes de la richesse d'Arabella démontrent son statut de noble héritière, dont la révélation avait fait cesser les moqueries à son égard lors de sa première apparition en public à la buvette ("The Ladies, aw'd by the Sanction of Quality, dropt their Ridicule on her Dress", p. 298). Paraître et être, statut social et statut ontologique se superposent, pour reprendre les termes d'Erin Labbie, objectifiant ainsi la jeune fille – du moins, c'est ainsi que cela devrait se passer. Les spectateurs, qui sont d'une part sensibles à ces marques de statut, comme l'a montré la visite d'Arabella à la buvette, et d'autre part prêts à se montrer critiques au sens négatif du terme ("much Mirth was treasur'd up for her Appearance", p. 307), sont réduits au silence dès l'apparition de l'héroïne. Au lieu d'admirer sa richesse ou de se moquer de sa robe, dont ils remarquent pourtant l'absurdité ("the Absurdity of her Dress", p. 308), ils n'éprouvent que respect et admiration pour elle :

> Scarce had the tumultuous Whisper escap'd the Lips of each Individual, when they found themselves aw'd to Respect by that irresistible Charm in the Person of Arabella, which commanded Reverence and Love from all who beheld her.
>
> Her noble Air, the native Dignity in her Looks, the inexpressible Grace which accompanied all her Motions, and the consummate Loveliness of her Form, drew the Admiration of the whole Assembly. (p. 307-308)

Le signe que représente la robe ne fait l'objet d'aucune lecture critique, ni en bien ni en mal, et l'aspect social a disparu ; seules sont perçues les nobles qualités ontologiques d'Arabella que chacun reconnaît immédiatement, de façon transparente. Avec le prénom de l'héroïne et avec des scènes comme celle-ci, typiques de la *romance* (v. Analyses thématiques, De la parodie à la satire), c'est un autre type de lecture que propose Lennox dans un tiraillement qui rejoint celui que nous avons évoqué à plusieurs reprises entre *romance* et *novel,* et qui s'applique également à l'appréhension de son héroïne.

UN SENS EN QUESTION

Pour de nombreux critiques, la folie d'Arabella est motivée par une quête de pouvoir ; ce serait le seul moyen pour une femme d'exercer une quelconque autorité dans le monde qui est le sien (v. Analyses thématiques, Masculin / féminin). Margaret DOODY écrit ainsi :

> It is through assuming the powers the romances offer that Arabella can command a space, assert a woman's right to 'a room of one's own,' and take upon herself the power to control the movements and behaviour of others [...] she has given herself full leave to speak. [2008]

Sans vouloir nullement contester cette interprétation, on peut néanmoins envisager la démarche d'Arabella sous un angle plus intéressant d'un point de vue littéraire : plus que de pouvoir, *c'est sans doute de sens qu'elle est en quête*. Patricia MEYER SPACKS dépeint Arabella ainsi : "a young woman with no opportunities for action and with little companionship imagines, on the basis of her reading of romance, a world in which she can claim enormous significance" [1988]. Dans un monde qui cherche à assigner à Arabella une signification matérielle en la ramenant à sa condition de riche héritière et de jeune fille à marier, l'héroïne cherche à maîtriser la façon dont son identité est perçue et interprétée, en d'autres termes, la façon dont elle est lue, "the Interpretation [...] put on [her] Looks" (p. 193) – et elle y parvient, au moins en partie. Que cela soit difficile est démontré dans le roman par l'exemple de la prostituée de Vauxhall Gardens, qui voudrait passer pour un homme mais qui, démasquée, est renvoyée à sa condition de femme quand elle présente une image de la beauté en détresse, avec à ses genoux un homme qui se moque d'elle. Comme l'explique Amy HODGES : "The problem Arabella needs to solve – and the problem Lennox examines in the latter half of the novel – is how women should 'write their own character', or interact with their society so as to be interpreted in the way that they would like to be interpreted." [2013]

Qu'il s'agisse d'Arabella, des femmes en général, ou de la façon dont l'on appréhende autrui et le monde, *la question de l'interprétation est au cœur du roman de Lennox*. Selon Ruth MACK,

> What we find in *The Female Quixote* is a question that by the middle of the eighteenth century had begun to emerge in Enlightenment historiography and philosophy and that remains at the core of our contemporary theories of culture: how can one claim to understand – or even to see – the relationship between one's own perspective and a perspective defined as different from one's own? [2005]

La structure narrative de *The Female Quixote*, qui fait alterner la présentation d'une réalité avec l'interprétation qu'en proposent Arabella et souvent d'autres personnages, met en relief cette relation entre différentes perspectives, ce que souligne également la récurrence de verbes comme *interpret* ou *construe*, par exemple dans les expressions suivantes : "construing this Question as she had done some other things her Uncle had said to her" (p. 187) ou "interpreting these Words in her own Way" (p. 292). C'est aussi ce que suggèrent les nombreux malentendus qui émaillent le roman, par exemple sur un adjectif comme "fair" qui peut signifier à la fois "clair" et "beau", source d'un dialogue cocasse entre Arabella et Glanville qui vient de jouer sur le terme pour dissimuler sa réaction à la lecture du billet de sir George (p. 215). S'ils contribuent à l'humour du roman, et si certains permettent de travailler l'articulation entre *novel* et *romance* grâce à la polysémie de mots comme "adventure" (v. Analyses thématiques, De la parodie à la satire), ils mettent aussi en évidence, sur le mode comique, une mise en question du sens, n'en déplaise à Arabella dont l'adverbe "questionless" est l'un des mots préférés ; ils révèlent un brouillage, pour reprendre le terme de Foucault cité plus haut, inhérent à tout acte langagier, qui peut gêner la compréhension et faire barrière à un accès au sens partagé par tous. Si cela est seulement possible : le roman laisse entendre le contraire, au tout début, lorsque la voix narrative précise que les romans précieux que lit Arabella sont mal traduits, "very bad Translations" (p. 19). Quelque chose est perdu, *lost in translation*, mystérieux, inaccessible. Peut-être, au-delà de ces romans mal traduits, *The Female Quixote* émet-il l'hypothèse selon laquelle ce serait le sens de toute œuvre littéraire qui demeurerait en dernière analyse insaisissable. Par ce biais et par d'autres, le roman explore les différentes perspectives par lesquelles une même situation ou un même énoncé peut être lu et interroge la validité des interprétations qui en sont proposées.

Il le fait en inscrivant dans ses pages mêmes la problématique de la *réception*, métaphoriquement et littéralement. Métaphoriquement d'abord, avec un passage comme "taking every Tree at a Distance for a Horse and Knight, [she] hastened her Steps to meet her approaching Succour; which as soon as she came near, miserably balked her Expectations" (p. 116) : au-delà de l'allusion à don Quichotte avec la transformation d'arbres en chevaliers, cet extrait dramatise le fossé qui existe entre la réalité et les filtres par lesquels elle est appréhendée. Littéralement, les exemples des réactions des uns ou des autres à une lecture sont nombreux. Sir George évoque par exemple les larmes qu'Arabella n'aura pas manqué de verser, à la lecture des aventures d'Alexander : "I dare believe, Madam, said he, when you read the Story of the unfortunate Alexander, your fair Eyes did not refuse to shed some Tears at the barbarous and shameful Death he was going to suffer" (p. 166-67). L'acte interprétatif requis du lecteur et son caractère subjectif sont évoqués plus loin par le même sir George : "interpreting the Sense of it [Sydimiris's letter] in a thousand different Ways, but all agreeable to my ardent Wishes" (p. 267). On ne lit que ce qu'on veut bien lire, chaque lecteur arrive devant un texte avec ses propres présupposés, ce qui explique en partie les lectures différentes proposées à l'intérieur même du roman. La multiplicité des réceptions possibles est directement thématisée dans *The Female Quixote* avec les lectures dont fait l'objet le billet de sir George, celle, naïve, d'Arabella, qui le prend au premier degré dans le chapitre IX du livre IV ("Arabella [...] sighed gently", p. 200), celle, ironique, de Glanville et de sa sœur dans le chapitre II du livre suivant. Le passage d'un livre à l'autre entre les deux lectures accentue la distance sémantique qui les sépare, le tout considéré avec une distance supplémentaire par le lecteur empirique* du roman. Ces différentes perspectives font écho aux difficultés que peut ressentir un lecteur à proposer une interprétation cohérente de l'ensemble de l'œuvre ainsi que de son héroïne, comme cela a été suggéré à différentes reprises dans cet ouvrage, difficultés qui, comme l'écrit Patricia MEYER SPACKS, proviennent des attentes différentes qui peuvent accompagner la rencontre entre un texte et son lecteur : "The differences between [the two main lines of interpretation of *The Female Quixote*] reflect different hopes and expectations, different modes of activity, different forms of desire that readers may bring to a single text" [1988]. Au lecteur de *The Female Quixote* de faire donc preuve de distance critique, et de construire un sens qui n'est jamais donné.

OUTILS

EXEMPLE DE SUJET : L'ART ET LA NATURE

CONSEILS POUR INTRODUIRE UNE DISSERTATION

L'importance capitale que revêt l'introduction justifie que l'on s'y attarde particulièrement. Si le texte est en français, donc plus directement orienté vers l'externe, ces conseils s'appliquent bien sûr également à une dissertation en anglais (agrégation interne). Il est vivement recommandé de les compléter et de les préciser à partir des rapports du jury, facilement disponibles en ligne. Le traitement même du sujet, ci-après (v. La "nature féminine") ne correspond pas à ce que l'on attendrait dans une dissertation classique, ne serait-ce qu'en raison des références extratextuelles qu'il contient, à Fordyce par exemple, qui font l'objet de développements beaucoup trop détaillés.

Une introduction doit comporter trois éléments, qui correspondront souvent à trois grands mouvements : le premier amène le sujet, le deuxième en définit les termes, le troisième annonce la problématique et le plan qui sera suivi.

Premier élément : Amener le sujet

Les premières phrases d'une introduction, donc d'un devoir, sont capitales. Porte d'entrée dans une dissertation, elles doivent être particulièrement efficaces, c'est-à-dire faire réellement comprendre en quoi le sujet est important dans l'œuvre. Elles ne doivent pas être trop générales en apportant des connaissances dépourvues de tout lien avec ce qui suit ou ce qui précède. Si ces phrases – comme toutes les autres – ne jouent aucun rôle dans ce qui doit être une argumentation et donc reposer sur une structure logique rigoureuse, il convient de s'en dispenser. Mieux vaut une introduction plutôt courte qui aille droit à l'essentiel que trois pages qui ne font que raconter le roman ou plaquer des généralités sur *novel* et *romance* sans lien avec le sujet. Il existe trois manières principales d'amener un sujet.

• Partir du contexte, littéraire ou non, dans lequel le roman a été publié

Cette solution est rarement satisfaisante car elle mène souvent à l'écueil qui vient d'être mentionné, en donnant lieu à des considérations générales qui montrent certes des connaissances sur la période, mais qui restent trop dans le vague. Cela ne veut pas dire qu'il soit impossible d'amener le sujet à partir de remarques sur des éléments extérieurs à l'œuvre : ici, on peut par exemple tout à fait partir de l'importance du concept de "nature" pour les romanciers du XVIIIe siècle (v. Repères, La prose fictionnelle en Grande-Bretagne au milieu du XVIIIe siècle). Il est facile d'articuler cela tout de suite avec "art", puisque le roman est une forme artistique censée représenter la nature (la définition, qui peut intervenir très tôt, permettra de nuancer, d'élargir ou de réduire au contraire ce qu'on entend et par "nature", et par "art" ; à ce stade, il suffit de poser les termes), et ensuite de montrer en quoi Lennox s'insère dans cette réflexion. Par exemple :

"[W]e should ever confine ourselves strictly to nature", écrit Henry Fielding dans la préface de *Joseph Andrews* en 1742. Dans leur réflexion sur la nouvelle forme de prose fictionnelle qu'ils cherchaient à élaborer et à définir dans les années 1740, Fielding, Richardson ou encore Smollett insistèrent tous sur leur détermination à rester aussi près que possible de la nature. Par ce terme fondamental dans la pensée esthétique du XVIIIe siècle britannique, ils entendaient non seulement la réalité sensible en dehors de l'être humain et de ses productions, mais aussi l'ensemble des caractéristiques qui définissent un être ou une chose, ce qui explique pourquoi ce concept était intrinsèquement lié à celui de "vérité", valeur suprême : comme le montre la citation de Fielding, la nature est le modèle que doivent suivre les romanciers. En d'autres termes, l'art du romancier s'appuie sur la représentation de la nature, relation qu'explore également Charlotte Lennox dans *The Female Quixote* (etc.).

Il était possible de développer un peu cette association et la réflexion sur la vérité en fiction à partir de ce que nous avons vu dans les Repères. Attention de ne pas trop écrire à ce sujet : ce qui est important à ce stade est de mettre très vite "nature" en relation avec "art" pour pouvoir explorer les différentes manières dont les deux termes entrent en résonance ("et"). D'autre part, il n'est pas question de se lancer dans une grande discussion théorique, voire philosophique, sur l'art et la nature au XVIIIe siècle, qui nous mènerait beaucoup trop loin ; il ne faut pas perdre de vue qu'il s'agit de traiter ces notions non pas dans l'absolu, mais telles qu'elles apparaissent dans le roman de Lennox. C'est pourquoi, à moins de montrer tout de suite en quoi des considérations plus ou moins générales sont importantes pour aborder l'œuvre, on peut s'en dispenser. Un célèbre distique (*couplet* en anglais) d'Alexander Pope (1688-1744), le plus grand poète de l'ère augustéenne, permettait d'ouvrir autrement un éventuel devoir de la façon suivante :

"True Wit is Nature to Advantage dress'd / What oft was thought, but ne'er so well express'd" (*Essay on Criticism*, 1711). Dans cette formule, qui condense la pensée esthétique de la première moitié du siècle (Johnson définit *wit* comme "the powers of the mind" en premier sens, le second étant "imagination"), Pope présente un idéal de l'imagination créatrice, et par extension de l'art, comme amélioration de la nature, idée que reprend Charlotte Lennox dans *The Female Quixote* [le sujet est ensuite immédiatement rapporté à l'œuvre par le biais d'une des stratégies évoquées plus bas].

Dans les deux exemples rapidement esquissés ci-dessus, qu'il s'agisse de partir du concept de nature dans la prose fictionnelle ou de la citation de Pope, rien n'est gratuit ; il ne s'agit pas d'étaler des connaissances, mais d'introduire des concepts qui seront éminemment opératoires dans le développement qui va suivre, une fois qu'ils auront été reliés fermement à l'œuvre de Lennox.

• Partir d'un résumé du roman ou mettre l'accent sur un élément

Une introduction peut se dispenser de remarques sur le contexte et commencer directement par montrer comment les termes du sujet permettent de proposer une lecture du roman de Lennox, étape elle absolument indispensable, quelle que soit l'amorce choisie. Il est possible de ne pas parler du contexte, on peut ne pas ouvrir avec une citation du roman comme dans la troisième possibilité ci-dessous, mais il est impossible de faire l'économie de cette mise en relation, qui doit être travaillée et non plaquée : on évitera d'ouvrir une dissertation par "Dans *The Female Quixote*, nature et art sont deux termes essentiels" pour au contraire montrer, à partir du texte, pourquoi ils sont essentiels. Ici le sujet peut être amené à partir de l'héroïne, dont la beauté et l'élégance sont présentées par Lennox comme naturelles, dignes d'une héroïne de roman précieux, et qui font l'envie de sa cousine Charlotte, beaucoup plus apprêtée. Comme l'écrit Deborah Ross, "Compared to Charlotte, Arabella is natural and artless. And who can learn to be natural?" [1987]. À ces qualités naturelles s'ajoutent toutes les ressources de l'art lorsqu'il s'agit de décrire sa coiffure ou ses robes, notamment celle qu'elle porte lors du bal à Bath (p. 306) et dont le raffinement doit tout à l'art de ses femmes de chambre.

Avec cela on ne fait vraiment qu'amener le sujet, en poser les termes. Il est possible de faire plus court en abordant directement ce qui pose problème dans la mise en relation ici des deux termes : à première vue, nature et art sont opposés, voire s'excluent mutuellement, ce que semble indiquer le contraste entre Arabella et sa cousine ; plus profondément, l'un (l'art) s'efface pour donner l'apparence de l'autre (la nature), ce que l'on trouve dans la description du domaine du marquis et de celle d'Arabella, plus précisément de ses cheveux, qui paraissent boucler naturellement, mais qui sont en fait soigneusement arrangés par Lucy. Ces citations sont détaillées ci-dessous, mais elles peuvent être simplement résumées et non citées exactement, même si une connaissance aussi précise et intime du roman ne peut qu'être valorisée.

• **Partir d'une citation**

Il est bien sûr possible de commencer par une citation extraite d'une source secondaire ; parmi celles qui figurent dans cette sous-partie, un certain nombre pourraient convenir. Cette possibilité ne sera cependant pas détaillée ici, car la probabilité qu'une citation critique parfaitement adaptée au sujet se présente à l'esprit un jour de concours reste faible ; il n'est évidemment pas question de citer un critique sans pertinence, simplement pour montrer son savoir. Rien ne remplace en revanche la connaissance intime et précise de l'œuvre mentionnée ci-dessus, qui seule permettra un traitement convaincant du sujet. Pour cela, il est fortement conseillé d'apprendre quelques extraits particulièrement importants, pas forcément très longs ; il peut s'agir par exemple de passages auxquels se réfèrent le présent ouvrage ou d'autres sources à plusieurs reprises. Entre autres, le premier chapitre du livre et l'avant-dernier du livre IX sont à bien connaître, en gardant à l'esprit qu'une ou deux petites erreurs dans la citation même sont tolérées. Il est recommandé d'être aussi précis que possible pour situer une citation : "Dès le premier chapitre, le domaine du marquis est décrit comme suit..." ou bien "Lorsqu'Arabella se rend à un bal donné à Bath dans le chapitre VII du livre VII..." Même si évidemment les numéros de pages ne sont pas attendus, et si le chapitre lui-même peut être omis, le livre doit être indiqué.

L'extrait choisi sera analysé pour en montrer la portée dans tout le roman : une microlecture mènera à une macrolecture. Ici plusieurs citations peuvent permettre de commencer un devoir de manière très efficace, par exemple celles qui concernent l'apparence d'Arabella, ce qui pouvait amener à ouvrir ainsi :

La première description que Charlotte Lennox propose de son héroïne dans *The Female Quixote* mêle des caractéristiques de natures différentes :

> Nature had indeed given her a most charming Face, a Shape easy and delicate, a sweet and insinuating Voice, and an Air so full of Dignity and Grace, as drew the Admiration of all that saw her. These native Charms were improved with all the Heightenings of Art [...] [p. 19 – la citation, même un peu longue, ne serait pas mise en retrait dans une copie manuscrite].

Certaines de ces caractéristiques sont innées (native), c'est-à-dire, comme le premier mot l'indique, qu'elles sont venues naturellement à Arabella ; d'autres appartiennent au domaine de l'acquis et proviennent d'un travail, d'une éducation, d'une pratique, domaines que recouvre le terme art.

Dès le début du devoir, les deux termes sont mis en relation ; il ne restera plus qu'à les définir plus précisément pour les problématiser. Si toute la citation n'est pas connue, la fin suffisait : "[Arabella's] native Charms were improved with all the Heightenings of Art", explique Charlotte Lennox dans le premier portrait qu'elle brosse de son héroïne dans *The Female Quixote* (etc.).

Avec cette citation revient la notion d'amélioration (improved) évoquée à propos de la citation de Pope, suggérant que la nature ne se suffit pas à elle-même, qu'il manque quelque chose que l'art viendrait compléter, ce qui permet de conceptualiser très vite pour mener à une problématisation.

On pouvait penser à d'autres citations, qui laissaient entrevoir d'autres pistes de problématisation. Ainsi, dans ses toutes premières pages, *The Female Quixote* articule une relation entre les deux concepts lorsque Lennox décrit le domaine du marquis : "The most laborious Endeavours of Art had been used to make it appear like the beautiful Product of wild, uncultivated Nature" (p. 18). Cet extrait est plus intéressant que le précédent parce qu'il introduit la notion d'artifice, voire d'artificialisation, puisque c'est par l'"art", qualifié en outre de "laborieux", que le domaine prend l'aspect d'une nature sauvage. Les deux termes entrent ici dans une relation plus riche qui tient du paradoxe. On pourrait le formuler ainsi : c'est par l'art que la nature apparaît pour ce qu'elle est. Un terme essentiel de cette citation est appear, que l'on retrouve avec le substantif appearance dans une autre citation qui décrit cette fois-ci Arabella et qui elle aussi pouvait permettre d'ouvrir le devoir : "Her fine black Hair hung upon her Neck in Curls, which had so much the Appearance of being artless, that all but her Maid, whose Employment it was to give them that Form, imagined they were so" (p. 21). Le polyptote* appear / appearance souligne bien le paradoxe : il faut beaucoup d'art, c'est-à-dire ici de travail, de savoir-faire, pour donner à un élément naturel (le parc du marquis dans le premier cas, les cheveux d'Arabella dans le second), l'apparence de la nature qu'ils seraient censés avoir naturellement, ce qui permet d'introduire une dichotomie entre apparence et essence. L'art doit paraître naturel, artless, ce qui n'est pas sans évoquer la conception du roman-novel telle que nous l'avons vue précédemment (v. Repères, La prose fictionnelle en Grande-Bretagne au milieu du XVIIIe siècle).

Dernière remarque sur ce point : dans les citations ci-dessus ou dans les commentaires dont elles font l'objet, et de manière générale dans tous les exemples d'amorce donnés, les deux termes du sujet sont toujours mis en relation ; il n'est pas impossible de les amener séparément, mais comme c'est la relation dans laquelle ils entrent qui constitue le sujet, il faut très vite les faire résonner l'un avec l'autre.

Deuxième élément : définir le ou les termes du sujet

S'il y a plusieurs termes, la définition doit permettre de commencer ou de continuer à réfléchir sur le "et" qui les relie, ce qui mènera à la problématisation ; on pose ainsi les éléments à partir desquels on va problématiser dans une démarche cohérente qui rend l'introduction plus convaincante. La phase de définition du ou des termes qui constituent le sujet est essentielle pour toute dissertation, plus encore quand il s'agit de notions qui jouent un rôle considérable dans le contexte où l'œuvre est parue et dont le sens a pu évoluer. Pour "nature", comme on l'a vu dans les citations précédentes, le terme est à prendre dans ses deux sens connexes de "monde naturel" et de "caractéristiques innées", et plus précisément dans un sens esthétique de "réalité sensible qui sert de modèle à l'art". Ce troisième sens, on l'a dit, est plus spécifiquement lié au contexte littéraire et recouvre en partie celui de vérité, dans une association essentielle dans le roman en général à l'époque, et dans *The Female Quixote* en particulier. Pour "Art", Johnson donne la définition suivante: "The power of doing something not taught by nature and instinct; as, to *walk* is natural, to *dance* is an *art*", introduisant d'emblée une *opposition* entre art et nature (est naturel ce qui est *artless*) – il s'agit d'un type de mise en relation tout à fait classique entre deux termes, qui permet d'approfondir l'analyse des citations données plus haut où l'art venait *compléter* la nature, l'améliorer. Parmi les autres définitions, Johnson donne aussi à art des synonymes comme *skill*, *cunning* (= *deceit*, *dissimulation*), d'où l'adjectif *artful* qui signifie rusé – c'est ainsi un adjectif qui qualifie fréquemment le libertin manipulateur qu'est sir Clement Willoughby dans Evelina de Burney, tandis que, au contraire, *artless* est associé à la simplicité, à l'innocence et à la nature. Bien sûr, il n'est pas question d'aligner des définitions de dictionnaire sans lien avec le roman ; les définitions proposées, qui n'ont pas à être très longues, doivent toujours être pertinentes pour travailler l'œuvre. Il est inutile d'introduire une idée qui sera aussitôt abandonnée, ou qui donnera lieu à des développements plaqués. Ici, ce dernier sens de ruse, de manipulation, est intéressant, ne serait-ce que parce qu'il est employé dans l'œuvre à propos de *Charlotte Glanville, coquette qui cherche à s'attacher sir George en usant d'artifices divers*, "all the little arts she was mistress of" (p. 107). Cela rappelle le titre du poème publié par Lennox en 1751, "The Art of Coquetry", et, surtout, permet d'introduire un contraste entre Arabella et sa cousine, qui pourra mener à une réflexion sur la nature féminine. Un certain nombre d'oppositions se dessinent entre les deux notions qui vont mener à la problématisation.

Troisième élément : la problématisation et le plan

Pour problématiser un sujet binotionnel (qui articule deux concepts), il faut s'interroger sur tous les sens possibles de "et" : complémentarité ? Identité ? Opposition ? Toutes les mises en relation ne seront pas forcément pertinentes, mais il faut les examiner pendant l'étape de réflexion sur le sujet pour bien en cerner les enjeux. L'inné et l'acquis, l'essence et l'apparence, la vérité et l'artifice, la simplicité et la complexité, voilà un certain nombre de paires notionnelles à partir desquelles cette réflexion peut s'organiser et qu'il faut réunir autour d'un fil conducteur solide.

Les deux extraits du chapitre I du livre I cités ci-dessus fournissent une base riche grâce au paradoxe qu'elles révèlent : la nature doit avoir recours à l'art, censé être son opposé, pour devenir ce qu'elle est, ou du moins pour atteindre tout son potentiel. La mise en parallèle d'Arabella et du domaine dans lequel elle vit mérite d'être soulignée, comme le suggère Zak WATSON :

> In both descriptions, the narrator lifts the veil of illusion for the reader to show her what no one, or almost no one, knows. There is an appreciable distance between appearance and reality here,

> and the narrator (and through her, the reader) is the one who appreciates it. [2011]

En écho au distique de Pope, Arabella et le domaine du marquis représentent la nature rendue parfaite par l'art (le terme "perfect" est employé à plusieurs reprises pour la jeune fille) ; et pourtant, Lennox suggère à plusieurs reprises que cette perfection dépend d'une illusion, voire (et le terme a un sens péjoratif, moralement condamnable) d'une *dissimulation*, puisque les cheveux d'Arabella sont arrangés de façon que tout le monde pense que ces boucles sont naturelles : "all but her Maid, whose Employment it was to give them that Form, imagined they were [artless]". Cela mène d'une part à réfléchir sur la conscience que l'héroïne a d'elle-même et, d'autre part, à nuancer l'opposition qui se dessine par ailleurs assez nettement entre Arabella et Charlotte Glanville, la première du côté de la nature et de la transparence, la seconde associée à l'artifice et à la dissimulation. Le paradoxe mentionné plus haut conduit alors à s'interroger sur la *nature féminine*, à la suite de ce que nous avons vu précédemment (v. Analyses thématiques, Masculin / féminin). Cette notion a deux avantages : elle peut être travaillée à partir des paires notionnelles mentionnées plus haut, et fournit donc le fil conducteur souhaité ; et, en raison de l'association entre femmes et *romance* (v. Analyses thématiques, Masculin / féminin), elle permet de réfléchir en parallèle à des considérations métatextuelles : à travers Arabella, c'est le rapport que le roman, au sens large de "récit en prose" et dans son sens plus restreint de *novel*, entretient avec la réalité, que Lennox examine. La transparence sur laquelle semble être construit le personnage d'Arabella, et que nous développerons plus loin (v. Synthèses et perspective, Lire (dans) *The Female Quixote*) fait ainsi écho à celle du *novel*, forme à travers laquelle le monde réel est censé se donner à voir.

Au lieu de poser un paradoxe, l'introduction peut plus simplement articuler une tension sur laquelle reposent la diégèse du roman et son écriture, comme le fait (qui découle de la façon dont le sujet a été amené et défini) que des termes qui devraient s'exclure mutuellement semblent en réalité indissociables l'un de l'autre. Il s'agit là d'un *problème*, puisque cela ne va pas de soi. Exprimé en termes clairs, ce problème devient une problématique, mais il peut être utile de le libeller sous forme de question. Attention cependant à ce que la réponse à cette question soit une réflexion et une argumentation et non une description, ce qui conduit à se méfier de questions commençant par "comment" ou "dans quelle mesure", par exemple. "Comment la relation entre art et nature s'articule-t-elle ?" n'est pas une problématique, puisqu'il n'y a pas de problème. Cela étant, dans le pire des cas (un "trou" un jour de concours, une difficulté majeure à conceptualiser), une telle question, si elle mène à un plan qui met vraiment en relation les deux notions tout au long du devoir, peut permettre de "limiter la casse", mais vraiment en tout dernier ressort. Mieux vaut chercher, même maladroitement, même partiellement, à articuler une véritable tension qui ne pourra être explorée qu'en s'intéressant au "pourquoi" plutôt qu'au "comment", comme ici, formulé de manière un peu brutale : pourquoi, dans *The Female Quixote*, la nature et l'art, qui devraient s'exclure mutuellement, paraissent-ils si inextricablement liés ? Ou même : pourquoi la nature semble-t-elle avoir besoin de l'art? Ou encore : comment, à partir de la simplicité apparente et de la complexité réelle / de la "nature" au moins en partie artificielle du personnage d'Arabella, Lennox propose-t-elle une réflexion sur la féminité et sur la prose fictionnelle de son époque ? Dans cette dernière question, le côté descriptif de "comment" est immédiatement contrebalancé par l'opposition entre simplicité et complexité ou l'oxymore* "nature artificielle".

Il ne reste qu'à annoncer le plan, aussi clairement que possible ; l'évolution du devoir doit déjà être perceptible à ce stade, ce qui exclut les titres de parties longs et alambiqués. À partir de la dernière question posée ci-dessus, l'annonce pouvait se faire de la façon suivante : afin d'examiner l'artificialisation de la nature féminine dans *The Female Quixote*, nous étudierons d'abord la place de l'inné et de l'acquis, avant de réfléchir à l'apparente dichotomie qui oppose vérité et mensonge, puis d'analyser l'art caché sur lequel reposent aussi bien le modèle du féminin présenté dans le roman que la forme romanesque elle-même.

Ou bien, si l'on préfère éviter l'emploi de la première personne du pluriel ou même du singulier, par ailleurs tout à fait acceptable : une première partie sera consacrée à..., ce qui mènera à une réflexion sur... et enfin à une analyse de...

Ce plan est en partie suivi ci-dessous, même si les développements, on l'a dit, ne correspondent pas tout à fait à ce qu'on trouverait dans un devoir. Un certain nombre d'éléments contextuels ont été en effet insérés, notamment dans la première sous-partie, qui s'éloignent un peu du roman afin de mieux saisir sa conception des deux notions à partir de considérations de genre.

LA "NATURE FÉMININE" (TOUJOURS)

Nous prolongerons pour commencer les analyses esquissées plus haut sur la manière dont le XVIIIe siècle considérait le corps féminin et la "nature féminine" (v. Analyses thématiques, Masculin / féminin), afin de bien comprendre quelle vision Lennox propose de ces questions dans son roman. Les livres de conduite qui parurent peu de temps après la publication de *The Female Quixote*, qu'il s'agisse par exemple des *Sermons to Young Women* de James Fordyce (1766) ou de *A Father's Legacy to his Daughters* de John Gregory (1774), s'emploient à expliquer aux jeunes filles qu'elles sont d'une nature autre que celle des hommes, ce qui permet de justifier les différences sociales entre hommes et femmes : le pouvoir que les premiers exercent sur les secondes est présenté comme étant d'ordre naturel. FORDYCE le décrit comme provenant d'une intention de la nature : "Nature's intention in that mental and moral difference of sex, which she has marked by characters no less distinguishable than those which diversify their outward form" [1766]. Les hommes et les femmes étant par nature différents physiquement, ils sont par nature différents intellectuellement ; il s'agit là d'un raisonnement par analogie, qui part du principe qu'à la faiblesse relative de la femme sur un plan physique correspond une faiblesse intellectuelle. Or FORDYCE explique également (entre autres) : "Nature appears to have formed the faculties of your sex for the most part with less vigour than those of ours; observing the same distinction here, as in the more delicate frame of your bodies" [1766]. Dans cette dernière citation, l'analogie disparaît. Les facultés (mentales) sont mentionnées en premier, marquant la faiblesse intellectuelle, et non plus seulement physique, comme étant d'ordre naturel, ce qui ne se conçoit que dans un cadre épistémologique qui s'appuie, dans le cas d'une femme, sur le principe de correspondance entre le physique et le mental : à une apparence frêle correspond un intellect également débile. On notera au passage qu'Arabella fait mentir ce parallèle, puisque, si elle est faible physiquement (peu habituée à l'exercice physique, elle ne peut pas parcourir les quelque trois kilomètres, ou deux miles, qui séparent son château de la ferme de William – p. 116), son esprit est, lui, d'une puissance incontestable.

FORDYCE va plus loin encore et articule explicitement un renversement entre l'"intérieur" (moral, émotionnel, intellectuel) et l'"extérieur" (l'aspect physique) : "A meek deportment is the natural and spontaneous growth of a lowly mind," écrit-il par exemple [1766], faisant découler l'extérieur de l'intérieur. De même, un manquement à la "loi sacrée" de la chasteté peut se lire sur le visage de la fautive. GREGORY lui fait écho : "The finest geniuses, the most delicate minds, have very frequently a correspondent delicacy of bodily constitution" [1774]. Fordyce ne conçoit pas cette humilité, voire cette médiocrité de l'esprit féminin, comme une insulte ; il l'exprime comme une évidence "naturelle" qui va de soi. La femme n'est pas faible intellectuellement parce qu'elle est faible physiquement, c'est au contraire sa faiblesse physique qui est le signe de sa faiblesse intellectuelle. La justification a été renversée et le discours, qui se met en place à l'époque de Lennox, devient imparable, quatorze ans plus tard, chez Fordyce.

Ces ouvrages, et bien d'autres, naturalisent un certain discours sur les femmes, c'est-à-dire qu'ils présentent comme naturelle une construction discursive idéologiquement motivée. La récurrence de termes comme "nature", "natural", "spontaneous", etc., chez Fordyce comme chez Gregory rend tout cela aisément perceptible. "We [...] naturally associate the idea of female softness and delicacy with a correspondent delicacy of constitution", écrit ainsi GREGORY [1774], pour ne donner qu'une illustration de son recours constant à l'idée de "nature" dans son ouvrage et du flou qui entoure cette notion, ici comme ailleurs. Quant à FORDYCE, voici deux citations:

> Supposing a young lady to be deeply possessed with a regard for "whatsoever things are pure, venerable and of good report," it will lead to decorum spontaneously, and flow with unstudied propriety through every part of her attire and demeanour [...].

> This breach of her most sacred law [chastity], the justness of Nature has generally branded with a look and manner particularly characteristic and significant; as, on the other side, she has always (I think, always) marked the genuine feelings of modesty with a look and manner no less correspondent and impressive. [1766]

Ces deux extraits et de nombreux autres développements dans l'ouvrage mènent Fordyce à conclure logiquement : "Having no bad passions to conceal, your thoughts and manners will be transparent." La valeur probablement radicale de "will" ici souligne que les qualités morales d'une femme se voient "naturellement" sur son physique ; ainsi sa chasteté dans la deuxième citation, caractéristique morale devenue un impératif "sacré" ("sacred law"), comme nous l'évoquions plus haut (v. Analyses thématiques, Masculin / féminin). Corollaire de ces axiomes, si son apparence ne révèle pas ses pensées de manière transparente, c'est que la jeune fille a quelque chose de mal à cacher. Nous ne relèverons ici que deux des problèmes que posent ce type d'ouvrages et l'idéologie dont ils sont porteurs. Premièrement, s'il faut écrire des livres de conduite pour expliquer aux femmes ce qu'elles devraient être par nature, c'est bien que cette nature, telle qu'elle est conçue par la culture du XVIIIe siècle, est extrêmement problématique. Deuxièmement, et en lien direct avec cette première remarque, l'injonction de spontanéité et de naturel place les femmes, et plus encore les jeunes filles de l'âge d'Arabella, dans une situation inextricable, puisqu'il est attendu d'elles qu'elles agissent de manière spontanée et naturelle, donc inconsciente. Mais comment être spontané, quand cela est présenté comme une obligation ? Si le comportement d'une femme doit être consciemment spontané, l'oxymore révèle le caractère artificiel de cette construction qui mène à un renversement entre les pôles "nature / artifice" et à d'insolubles contradictions. Ces contradictions apparaissent de manière tout à fait éclatante quand la récurrence des termes "unstudied" ou "spontaneous" dans les citations données plus haut s'oppose à celle d'autres mots comme "regulate" et "control" ("I only point out some considerations which ought to regulate your behaviour in that respect [conversation]," pour GREGORY [1774] ; "your inward feelings at least should be under your control", selon FORDYCE [1766], parmi bien d'autres exemples). Jeune fille idéale sur bien des points, Arabella semble faire preuve à de nombreuses reprises de cette inconscience d'elle-même préconisée dans les livres de conduite lorsqu'elle ne prête pas attention à l'effet qu'elle produit (on y reviendra) ; or un être doué de raison est un être qui réfléchit sur lui-même, et le roman de Lennox s'ouvre presque sur un tableau de son héroïne face à son miroir, symbole par excellence de la réflexivité. Sans aller jusqu'à parler de contradiction interne, le personnage d'Arabella pose néanmoins une réelle difficulté sur ce point et sur d'autres, ce qui est peut-être dû en partie, de la part de Lennox, à une résistance face à la vision de la "nature féminine" telle que la définit l'idéologie de son temps et qu'elle se présente chez un certain nombre de ses contemporains, avec des personnages comme Narcissa dans *Roderick Random,* et surtout les héroïnes de Richardson, Pamela plus que Clarissa.

L'INNÉ ET L'ACQUIS

Arabella sera tout à fait parfaite ("absolutely perfect", p. 225) quand elle sera guérie de sa folie, selon Glanville. Mais à quoi tient la quasi-perfection qui est déjà la sienne pendant presque tout le roman, et qui en fait une sorte d'idéal féminin ? La première réponse réside dans les qualités dont la nature l'a dotée, beauté, grâce, intelligence, générosité, qualités donc innées et réputées féminines (sauf l'intelligence). À cela s'ajoute l'importance de l'acquis, qui permet à ces qualités de s'épanouir : "These native Charms were improved with all the Heightenings of Art" (p. 19). La description des cheveux d'Arabella dans le chapitre II du livre I, citée ci-dessus, soulignait l'alliance entre nature et art pour parvenir à la perfection de la coiffure. Une deuxième description répond à celle-ci, dans le chapitre VII du livre VII : "Her Hair, which fell in very easy Ringlets on her Neck, was plac'd with great Care and Exactness round her lovely Face" (p. 306). Comme dans la première, cette citation met en équilibre l'aspect naturel de la coiffure et l'art qui a présidé à sa réalisation, avant tout grâce au contraste entre "very easy" et "great Care and Exactness" : la souplesse naturelle avec laquelle tombent les boucles est due à l'art consommé de la coiffeuse. L'opposition entre l'adjectif "easy", qui connote aussi la facilité et l'absence de labeur, et les noms "Care and Exactness", est en outre soulignée par deux intensificateurs qui se font écho, l'adverbe "very" et l'adjectif "great", tandis que l'actif de "fell", qui laisse entendre que les cheveux d'Arabella se placent d'eux-mêmes dans cette position, est contrebalancé par le passif de "plac'd", qui suggère une intervention humaine sans la nommer, puisque le complément d'agent n'apparaît pas ici, alors que "her Maid" était bien mentionnée dans le premier passage ("all but her Maid"). Cela rappelle le parc du marquis, conçu pour que la nature donne le meilleur d'elle-même grâce à l'aide de jardiniers qui demeurent dans l'ombre. Par métonymie*, la chevelure d'Arabella devient représentative de sa personnalité. Les mêmes remarques s'appliquent aux descriptions de son corps, que ses vêtements soigneusement choisis font paraître à son avantage : "All the Beauties of her Neck and Shape were set off to the greatest Advantage by the Fashion of her Gown, which, in the Manner of a Robe, was made to sit tight to her Body; and fastened on the Breast with a Knot of Diamonds" (p. 21). Là encore, la forme passive ("were set off", "was made [...] and fastened") révèle discrètement l'intervention d'une main humaine, dont l'œuvre souligne au mieux ("to the greatest Advantage") les beautés physiques du modèle. Avec Arabella, comme avec le parc de son père, une *complémentarité* parfaite est atteinte entre nature et art dans une harmonie que le reste du roman met souvent à mal.

Le début de l'œuvre, toujours lui, permet en effet déjà de nuancer cette vision des choses : dès le premier chapitre se dessine non plus une complémentarité, mais une véritable *dichotomie* entre l'extérieur du domaine, caractérisé par ses beautés simples et naturelles, c'est-à-dire dénuées de tout art, et l'intérieur du château, magnifiquement décoré : "if this Epitome of *Arcadia* could boast of only artless and simple Beauties, the Inside of the Castle was adorned with a Magnificence suitable to the Dignity and immense Riches of the Owner" (p. 18). Prolongeant la comparaison entre le domaine paternel et Arabella, nous pouvons relever un certain nombre de tensions dans la manière dont sont présentées les caractéristiques naturelles et les caractéristiques acquises, notamment chez l'héroïne. L'inné et l'acquis sont en effet souvent contrastés dans *The Female Quixote*, avec la préférence accordée au premier, toujours associé à Arabella, que ce soit sur le plan physique ou intellectuel. Les quatre heures passées par miss Glanville à sa toilette avant d'aller au champ de courses ne suffisent pas à lui permettre d'égaler la beauté et l'élégance de sa cousine, malgré l'indifférence avec laquelle celle-ci se prépare (p. 103) : l'art que l'une consacre à s'apprêter ne saurait rivaliser avec la grâce naturelle de l'autre. Cette élégance est qualifiée d'innée ("the native Elegance and Simplicity of her Manners", p. 86), comme la dignité qui caractérise son apparence ("the native Dignity in her Looks", p. 308), et tout cela est explicitement contrasté par Glanville avec les façons travaillées des autres jeunes femmes : "her fine Sense, and the native Elegance of her Manners [...] as much exceed the studied Politeness of other Ladies I have conversed with, as the Beauties of her Person do all I have ever seen" (p. 81). "Native", qui revient 4 fois dans le roman pour qualifier les qualités d'Arabella, s'oppose à "studied" ; Glanville accorde la préférence aux qualités naturelles et s'aligne en cela avec Gregory et Fordyce, ce dernier notant avec approbation le respect naturel des convenances ("unstudied propriety") de sa jeune fille modèle dans l'une des citations données ci-dessus. Or non seulement la perfection de la nature féminine est ici clairement présentée comme exceptionnelle, puisque seule Arabella dans le roman possède explicitement ces qualités de nature (la description de la comtesse ne dit rien sur le caractère inné de ses vertus), mais le roman s'attache à plusieurs reprises à remettre cela en question en insistant sur la *dimension culturelle de ce qui devrait être naturel*.

Construites comme des signes extérieurs de valeurs morales, les manifestations censément spontanées du corps féminin sont codifiées et esthétisées, c'est-à-dire *artificialisées*. Ainsi, le rougissement est dû à une pudeur de bon aloi : "She blushed with a very *becoming* Modesty" (p. 20, nous soulignons). L'adjectif *becoming* est à prendre dans les deux sens : les regards appuyés de Mr. Hervey constituent un affront à la pudeur que toute jeune femme se doit de posséder (valeur morale) et le rougissement qui en résulte sied bien à Arabella (valeur esthétique). Quant aux larmes, Arabella s'étonne du chagrin inconvenant, mais aussi disgracieux ("unseemly sorrow", p. 200, l'adjectif là aussi a les deux sens), manifesté par Lucy à la lecture de la lettre de sir George, ce que confirme la voix narrative qui porte un jugement sur le caractère inesthétique de ces pleurs : "her Sobs making a frequent and *unpleasing* Interruption in her Words" (p. 200, nous soulignons). Les sanglots que la pauvre Lucy ne parvient pas à retenir ne sont pas sur le même plan que les larmes raffinées que sir George, dans son épître convenue, espère faire verser à Arabella après sa mort supposée : "let me hope those fair Eyes, that have beheld me with Scorn when alive, will not refuse to shed some Tears on my Tomb !" (p. 200). Arabella est bien plus touchée par le tableau d'elle-même en larmes que peint sir George dans une sorte d'*ekphrasis**, larmes virtuelles et stéréotypées puisqu'elles complètent la description d'un cliché (la Beauté en pleurs sur la tombe de son soupirant), donc par un artefact culturel, que par les sanglots bien réels de sa servante, dans un renversement entre naturel et artificiel, spontané et culturel, qui conduit à s'interroger sur l'existence même d'une "nature" féminine, puisque ce renversement est l'œuvre du personnage présenté comme doté par la nature même de toutes les qualités. Le même brouillage se produit à d'autres niveaux de l'articulation entre nature et art, ainsi à celui qui travaille la tension entre vérité et artifice.

DISSIMULATION ET VÉRITÉ

"[I]t is the inability to recognize artifice that defines the quixote", explique Wendy MOTOOKA [1996]. Quand elle tient pour vrais les récits des romans précieux, Arabella fait la preuve de son incapacité à distinguer la réalité de la fiction, donc à dépasser le stade de la lettre et à percevoir le sens implicite de certains énoncés à prendre au deuxième degré. C'est ainsi le cas avec les métaphores, qu'elle interprète littéralement, comme dans le passage analysé précédemment (v. Repères, *The Female Quixote* et l'empirisme) où miss Glanville compare la lune à du fromage frais : "you may as well persuade me, the Moon is made of a Cream Cheese, as that any Nobleman turned himself into a Writing-master, to obtain Miss *Groves*" (p. 165), ce qui conduit sa cousine à discourir très sérieusement sur la nature de l'astre. De même, Arabella demeure imperméable à l'ironie, par exemple à celle qui marque les interventions de sir Charles pendant le métarécit* de sir George, une fois son incrédulité initiale dissipée. Le rire qui accompagne une exclamation comme "A fine high flown Speech indeed !" (p. 259) souligne que sir Charles trouve au contraire ridicules les propos que s'attribue sir George, ce que ne relève bien sûr pas sa nièce. De façon plus problématique, le plus souvent, Arabella ne perçoit pas non plus la dimension insincère de certains propos. La plupart des personnages pratiquent la dissimulation ou la manipulation sous une forme ou sous une autre. Miss Glanville, qui use de toute sorte d'arts, c'est-à-dire de ruses et d'artifices (p. 107), se déguise et se fait passer pour sa cousine ("she had equip'd herself with *Arabella*'s veil," p. 407). Elle pense d'autre part être la dupe des artifices de sir George ("the Dupe of his Artifice", p. 406). Ce dernier ment effrontément à plusieurs reprises ou joue la comédie, comme en témoignent des expressions comme "seeming as if he struggled to suppress a Sigh" (p. 167), "the Character he assumed" (p. 171), ou "counterfeiting a Look of extreme Confusion" (p. 186), entre autres. Même Glanville fait semblant de lire les ouvrages recommandés par Arabella (p. 67), dissimule ses pensées à l'apparition de sir George ("he dissembled his Thoughts", p. 105) ou feint la fureur pour cacher son hilarité ("a counterfeited Rage", p. 215). Dans presque tous les cas (elle comprend vite que Glanville n'a rien lu des ouvrages qu'elle lui avait laissés), Arabella ne perce pas à jour les manœuvres des uns et des autres.

L'exemple le plus éclatant se trouve dans le chapitre III du livre IX. Sir George cherche à manipuler Arabella pour la détacher de son cousin et conçoit une scène qui a tout pour capter l'attention de la jeune fille :

> She could distinguish [...] two Women seated on the Ground, their Backs towards her, and one of them, with her Head gently reclin'd on the other's Shoulder, seemed by her mournful Action to be weeping; for she often put her Handkerchief to her Eyes, breathing every time a Sigh, which, as Arabella phras'd it, seemed to proceed from the deepest Recesses of her Heart. (p. 382)

Avant d'en avoir confirmation quelques chapitres plus loin, le lecteur soupçonne que quelque chose ne va pas dans ce tableau trop parfait tout droit tiré d'un roman précieux, qui s'organise autour du *topos* de la beauté en larmes. "Seemed" est répété, le terme "action" suggère le théâtre ou la mise en scène : dérivé de *act*, dans le sens de jouer un rôle, *action* est en effet défini par Johnson comme "gesticulation; the accordance of the motions of the body with the words spoken; a part of oratory". Ces soupçons sont confirmés un peu plus bas avec la locution "as if", qui introduit une distance supplémentaire : "as if ashamed" (p. 383). Les gestes et accessoires convenus sont là (les larmes, le mouchoir qui les représente par métonymie), les paroles attendues sont prononcées. Arabella se retrouve plongée dans un cliché, prise au piège d'une fiction montée de toutes pièces ; pour elle qui croit à la transparence des signes (on y reviendra dans Synthèses et Perspectives,

Lire (dans) *The Female Quixote*), l'apparence du chagrin équivaut au chagrin, dans une correspondance parfaite entre corps et âme, intérieur et extérieur. Elle ne soupçonne pas l'existence du mensonge, de la dissimulation ni même de la possibilité de la représentation puisqu'elle prend ses *romances* pour des récits authentiques, ce sur quoi joue sir George. C'est en creux le rapport à la vérité, à la connaissance, qui est en jeu dans cette scène comme dans d'autres, prolongeant les questions épistémologiques que nous avons déjà abordées (v. Repères, *The Female Quixote* et l'empirisme). Plus encore, parce que tous les éléments du cliché sont présents, de la confidente jusqu'au prénom d'Ariamène, emprunté directement à une nouvelle de Mlle de Scudéry, "L'histoire du prince Ariamène" (1692), Arabella ne met pas un instant en doute la sincérité de la peine qu'on lui donne à voir et qui n'existe que pour être vue par elle. En d'autres termes, elle y croit parce que c'est artificiel, et parce que, enfin, la "réalité" correspond à la fiction qu'elle s'est créée : le personnage dont Glanville et la voix narrative vantent les qualités naturelles confond réalité et fiction, nature et artifice, non seulement dans les *romances* mais aussi dans l'univers diégétique qui compose la réalité où elle vit, et révèle ainsi le *caractère fondamentalement artificiel de sa nature*.

Étant donné sa difficulté à percevoir l'artifice, il peut sembler paradoxal qu'Arabella elle-même soit capable de dissimulation. C'est pourtant ce qui arrive à plusieurs reprises dans le roman, signe de la difficulté que nous avions évoquée plus haut à appréhender l'héroïne. Le voile qu'elle porte, contrairement à la mode de son temps, suggère qu'avec son apparence, ce sont aussi certaines pensées qu'elle dissimule. Si ce voile peut être dans un tissu transparent, comme celui qu'elle porte pendant sa fuite (livre II, chapitre X) et qui n'empêche pas le gentleman inconnu de percevoir sa beauté (p. 121), la plupart du temps, il remplit son office et ne permet pas à Mr. Hervey de voir son visage ("she remained invisible to him", p. 22), que les curieux de Bath ne parviennent pas non plus à discerner (p. 298). Remarquons d'ailleurs rapidement la solidité de la construction du roman : d'un point de vue diégétique, c'est parce que l'association entre Arabella et le voile a été fermement établie que la confusion entre elle et sa cousine peut avoir lieu à la fin. De même que le voile cache son visage, Arabella peut cacher ses sentiments, son mécontentement par exemple ("secret Discontent", p. 17), ou ses larmes, quand Glanville est malade :

"While any one was present, her Looks discovered only a calm and decent Sorrow; yet when she was alone, or had only her dear *Lucy* with her, she gave free Vent to her Tears" (p. 158). Mais il ne s'agit pas seulement de cacher ce qu'elle éprouve ; Arabella affiche parfois ce qu'elle n'éprouve pas, allant jusqu'à jouer la comédie, donc à user d'*artifice* aussi bien que les autres. Cela peut aller jusqu'au mensonge : "to disengage herself from the Perplexity [Glanville's] Question threw her into, she was obliged to offer some Violence to her Ingenuousness; and, contrary to her real Belief tax him again with a Design of betraying her" (p. 135). Le plus souvent, cependant, le contraste entre ce qu'elle éprouve et ce qu'elle montre est dû à une dissonance entre ses désirs et les modèles tirés des romans précieux qu'elle s'impose de suivre. Ainsi, quand elle reçoit la lettre de Mr. Hervey, ses sentiments réels sont clairement distingués de ceux qu'elle pense devoir exprimer : "tho', in Reality, she was not displeased, yet, being a strict Observer of romantic Forms, she chid her Woman severely" (p. 26). Elle se plie à un code de conduite qui dicte comment elle doit se comporter au lieu d'agir selon ses désirs, et finit par renvoyer le billet qu'elle brûle pourtant de lire. Un autre passage du roman, parallèle à celui-ci, vient étoffer cette dissociation en montrant qu'Arabella, placée dans la même situation, est à l'inverse tout à fait capable de plier les règles de la *romance* à ses désirs secrets, même si aucun exemple ne se présente pour aller dans son sens. Elle cherche ainsi un prétexte fallacieux pour ouvrir la lettre envoyée par sir George, "indulging a Curiosity not justifiable by Example" (p. 198), pour en arriver à faire semblant (*as if*) de céder aux injonctions de Lucy : "making as if she yielded to the Importunities of her Confidante" (p. 199). Non seulement elle joue la comédie aussi bien que les autres, mais ce dernier extrait révèle une prise de distance par rapport à ses lectures et à son propre comportement qui trahit une forme de réflexivité, et s'éloigne donc de l'idéal d'inconscience si prisé dans les livres de conduite.

CONSCIENCE OU INCONSCIENCE DE SOI

On l'a vu auparavant (v. Analyses thématiques, Masculin / féminin), Arabella est fréquemment décrite comme ignorant l'attention qu'elle suscite, "ignorant of the Diversity of Opinions, to which her Appearance gave Rise" à Bath par exemple (p. 298). Toujours à Bath, lorsqu'elle apparaît vêtue comme la princesse Julia, "The Surprize *Arabella*'s unusual Appearance gave to the whole Company, was very visible to every one but herself" (p. 307). Ces scènes en particulier mènent Scott Paul GORDON à formuler le commentaire suivant :

> Lennox's text repeatedly distinguishes Arabella from [her] cousin, each time insisting on the same joke: the crafty Charlotte fails at each of her schemes, while Arabella, entirely unaware that audiences surround her, achieves everything her cousin could have wished. So much for the value of being aware of one's surroundings. But *The Female Quixote*, above all, privileges unawareness, Arabella's defining characteristic. Assessing whether Arabella is powerful or powerless, then, pursues the wrong question: Arabella exercises immense power without any consciousness of doing so. [1998]

En cela Arabella se conforme au modèle établi par Fordyce, qui décrit par exemple ainsi une jeune fille dont il vante les mérites : "[the excellence of her mind] produced in her whole deportment a mixture of softness and dignity, which she alone did not perceive" [1766]. Une femme ne doit en effet pas être consciente de l'admiration qu'elle suscite ni de ses mérites afin de ne pas sombrer dans la vanité, voire la coquetterie. Inconsciente de l'effet qu'elle produit, Arabella reste également ignorante de l'effet produit par autrui sur elle lorsqu'il s'agit de son amour pour Glanville : "Our charming Heroine, ignorant till now of the true State of her Heart, was surpriz'd to find it assaulted at once by all the Passions which attend disappointed Love" (p. 391), là aussi tout à fait en accord avec les préceptes des livres de conduite selon lesquels le désir féminin ne peut naître que s'il est sollicité par le désir masculin auquel il est subordonné (v. Analyses thématiques, Masculin / féminin). Ce n'est qu'une fois le mariage décidé qu'une femme peut éprouver de l'amour, et, comme Arabella refuse d'épouser

Glanville à ce stade, il ne saurait être question d'avoir des sentiments pour lui.

On évoquait plus haut la contradiction interne que représente cette inconscience alors même qu'Arabella se construit comme objet des regards, notamment masculins. Se posait la question de la mesure dans laquelle une femme peut accepter pareille définition d'elle-même ; nous approfondirons ici cette apparente incohérence pour réfléchir à cette inconscience que Gordon définit comme la caractéristique principale ("defining characteristic") d'Arabella, chose pour le moins étonnante pour un personnage que le lecteur découvre devant son miroir, "which she often consulted" (p. 19). Et de fait, d'autres éléments dans le texte jettent le doute sur le degré d'inconscience d'Arabella. Une expression suggère que cette inconscience peut très bien être choisie, résulter d'un travail conscient, qu'Arabella se cache volontairement des choses à elle-même dans ce qu'on pourrait appeler, en termes psychanalytiques, une tentative de refoulement – processus pourtant inconscient : "As she was unwilling to acknowledge, *even to herself,* that the Grief she felt at this Discovery, proceeded from any Affection for her Cousin, she imputed it to the Shame of seeing herself so basely forsaken and neglected" (p. 195, nous soulignons). L'intérêt de pareille phrase tient à l'adjectif *unwilling*, qui suggère qu'il s'agit bien là d'une volonté, d'une décision consciente de la part de l'héroïne d'ignorer ses sentiments ; elle sait qu'une fois qu'elle aura reconnu son amour pour son cousin, elle ne pourra plus repousser le mariage et ne se conformera donc plus aux modèles précieux. Ce sera la fin de l'innocence, qualité essentielle pour une héroïne aussi bien dans les romans héroïques que dans ceux du XVIIIe siècle : Pamela, pour ne citer qu'elle, ne s'aperçoit de son amour pour Mr. B. qu'une fois qu'il l'a demandée en mariage.

La description plus complexe d'un autre épisode par la voix narrative accentue ce brouillage entre conscience et inconscience :

> [...] seeing Tinsel, who, confounded to the last Degree at the Cries of both the Lady and her Woman, had got into her Chamber he knew not how, she gave herself over for lost, and fell back in her Chair in a Swoon, or something she took for a Swoon, for she was persuaded it could happen no otherwise; since all Ladies in the same Circumstances are terrified into a fainting Fit, and seldom

> recover till they are conveniently carried away; and when they awake, find themselves many Miles off in the Power of their Ravisher. (p. 338)

Avec le passage de "fell [...] in a Swoon", qui semble décrire objectivement la situation du personnage, à "something she took for a Swoon", qui bascule dans la conscience d'Arabella ("took"), Lennox décrit une *perte consciente de connaissance*, ce que confirme "persuaded", qui, avec la conjonction "since", indique un raisonnement : Arabella s'évanouit parce qu'elle sait que c'est ce qui est attendu d'elle. Que cet évanouissement soit réel ou non importe peu, et la voix narrative ne tranche pas, ajoutant un point de vue quasiment professionnel avec l'adverbe "conveniently" : pour un auteur, il est en effet commode de pouvoir disposer ainsi de son héroïne. Si ce commentaire vient bien de la voix narrative ; même si cela paraît moins probable, rien en termes de focalisation n'interdit de penser que ce qui suit "persuaded" constitue le raisonnement que se tient Arabella elle-même, qui porterait ainsi un jugement sur les intrigues de ses lectures préférées tout en s'y conformant, signe une nouvelle fois de la distance qu'elle peut avoir envers ses modèles. La suite du passage reste dans une ambiguïté troublante avec deux expressions : "*Arabella* still continued motionless in her Chair, her Eyes closed", et "*Arabella* then first discovering some Signs of Life, half opened her Eyes" (p. 338). Comment comprendre "continued" et "discovering" ? Décrivent-ils la situation d'Arabella d'un point de vue extérieur, ou révèlent-ils une agentivité de la part de la jeune fille ? Choisit-elle de rester immobile et de donner signe de vie, ou cela est-il indépendant de sa volonté ? Ce n'est pas parce qu'Arabella semble croire qu'elle s'est réellement évanouie dans la suite du chapitre et dans le suivant (livre VII, chapitres XIII et XIV) que les doutes du lecteur doivent être levés. De même que la nature d'Arabella est présentée comme fondamentalement artificielle, son inconscience résulte donc d'une conscience très aiguë de ce que doit être son comportement, dans une démarche mimétique parfaitement assumée que nous étudierons de plus près dans "Synthèses et perspectives", "Le même et l'autre".

Ces tiraillements qui habitent le personnage principal entraînent plusieurs conséquences. On évoquait plus haut la doctrine horatienne de l'*utile dulci*, qui constitue un principe essentiel au XVIIIe siècle

(v. Repères, Lennox dans son contexte littéraire immédiat). Les lecteurs doivent pouvoir tirer un enseignement, principalement moral, des œuvres qu'ils lisent : pour RICHARDSON, *Pamela*, "published in order to cultivate the Principles of Virtue and Religion in the Minds of the Youth of both Sexes" [1740], est censé encourager jeunes gens et jeunes filles à suivre le chemin de la vertu en imitant celle de son héroïne. À l'inverse, un personnage peu recommandable (libertin, malhonnête, avare…) servira de contre-exemple, incitant les lecteurs à se détourner des vices qu'il possède. La portée didactique d'une œuvre tient ainsi largement à la valeur de *modèle*, ou de contre-modèle, que revêtent ses personnages. Pour FIELDING, *The Female Quixote* s'inscrit sans conteste dans ce cadre : "our Author hath taken such Care throughout her Work, to expose all those Vices and Follies in her Sex which are chiefly predominant in our Days, that it will afford very useful Lessons to all those young Ladies who will peruse it with proper Attention" [1752]. Mais de quelles leçons s'agit-il ? Quel personnage sert ainsi de modèle, ou de contre-modèle ? Charlotte Glanville sert assurément de repoussoir à de nombreux égards, et à travers elle, on l'a vu, ce sont les défauts communs à de nombreuses jeunes filles bien nées qui sont visés (v. Analyses thématiques, De la parodie à la satire). Mais il est plus délicat de déterminer le statut exact d'Arabella. Bienveillance, générosité sont certainement présentées comme des qualités à suivre, mais, selon l'analyse de Deborah ROSS qui s'intéresse à la dimension potentiellement didactique de l'œuvre, il est impossible d'imiter Arabella en raison de l'inconscience qui semble être la sienne :

> since in *The Female Quixote* the ideal female is unselfconscious, the novel cannot point out a safe path from the world of innocence into the world of experience. Here, to lose innocence is to fall irredeemably. The reader, self-conscious by definition, is already lost. [1987]

En d'autres termes, puisque le lecteur, ou sans doute plus précisément la lectrice, est dotée de raison et a donc déjà quitté le monde de la nature (innocence) pour celui de la culture (expérience), il lui est impossible d'imiter consciemment un personnage censé être inconscient. Impossible donc de prendre pour modèle la femme idéale spontanée, naturelle et inconsciente, cette créature mythique ("mythical creature") pour reprendre une expression de ROSS [1987], qui insiste sur le caractère inconciliable du naturel, ou de l'innocence ("artlessness") et de la conscience de soi ("self-consciousness"). L'évanouissement problématique d'Arabella en rappelle d'ailleurs un autre, celui de l'héroïne menteuse et manipulatrice de Fielding dans *Shamela* (1741), qui feint de perdre connaissance pour se tirer d'un mauvais pas ; le rapprochement entre ces deux personnages aux antipodes l'un de l'autre peut sembler surprenant, mais il montre à quel point l'inconscience d'Arabella est irréaliste.

Arabella serait parfaite, selon Glanville, si elle n'était pas folle. Par définition, un fou n'est pas conscient de l'être, or Lennox suggère à plusieurs reprises qu'Arabella *choisit sa folie*. Lors d'une conversation avec Glanville au chapitre IV du livre VIII (p. 359-60), Arabella révèle qu'elle est parfaitement informée de l'existence des lois du royaume d'Angleterre, qui s'opposent à celles de l'amour et de l'honneur. Entre "the Laws of the Land" et "the Laws of Honour" (p. 360), qui sont incompatibles, elle a choisi les lois qui lui semblent les plus conformes aux idéaux qui sont les siens. Pour Scott Paul GORDON, Arabella choisit consciemment de se réfugier dans l'univers des romans précieux par refus de ce que le monde "réel" lui réserve en tant que femme, en premier lieu l'impuissance et le mariage :

> In essence, Arabella's actions throughout the novel represent her attempt to escape the fate towards which other characters in the novel, including her father, her uncle, and her cousin Glanville, compel her [...]. Arabella simply chooses to subscribe to the customs of romance and embrace them as if they were enduring truths because they validate her desires in a way that the customs of eighteenth-century English society cannot. [1998]

Ruth MACK estime aussi que la folie d'Arabella résulte au moins en partie d'un choix conscient, pour une raison différente : "sometimes Arabella commits to her perspective because it seems to be the better reality" [2005]. Quand son cousin la conjure d'abandonner les maximes surannées que lui offrent ses *romances* ("antiquated Maxims", p. 60), elle répond : "I don't see why the Manners of this Age are to be preferred to those of former ones, unless they are wiser and better" (p. 60-61). Or, on l'a vu (v. Analyses thématiques, De la parodie à la satire), le monde qui entoure Arabella ne représente pas vraiment une amélioration par rapport à celui qui est décrit dans ses romans préférés.

Ses "manières" ne sont certainement pas plus "sages" ; quand il s'agit de comparer les deux, "the Difference is not in Favour of the present World" (p. 424), dit-elle ainsi dans l'avant-dernier chapitre à l'homme d'Église, qui ne la contredit pas. En d'autres termes, Arabella choisit l'idéal, plutôt que la réalité quelque peu sordide de son siècle. En cela Lennox se montre fine lectrice de Cervantès, dont le héros, apparemment lucide sur sa folie, "semble fabuler consciemment", note Nicolas CORRÉARD, qui ajoute, à propos de don Quichotte : "sa croyance indéracinable dans la réalité des enchantements de l'univers chevaleresque résulte d'une décision, d'un vouloir-croire" [2007].

Comme le fera plus tard Frances Burney avec ses héroïnes, surtout avec Evelina dans le roman qui porte son nom (1778), Lennox propose avec Arabella un idéal féminin dont elle explore rigoureusement les contradictions, qui sont également celles de la *forme romanesque* qu'elle a choisie. Mary Patricia MARTIN établit un lien convaincant entre la description du domaine du marquis que l'on a citée plus haut, "The most laborious Endeavours of Art had been used to make it appear like the beautiful Product of wild, uncultivated Nature" (p. 18), et l'art du *novel* : "This garden in the English style, an implicit contrast to the studied artfulness of French landscape (and romances?), recalls the novel's most distinctive attribute, its ability to disguise its artifice by seeming to be real" [1997]. Martin a raison de souligner que, comme dans l'art des jardins, la conception anglaise de la prose romanesque s'oppose aux *romances* à la française, puisque le roman précieux a trouvé en France ses auteurs les plus célèbres ; l'artifice qui le caractérise s'affiche avec la présence de l'"art" dans le prénom de nombre de ses héros cités dans *The Female Quixote*, Artaban, Artaxerxès, Artamenes, ainsi qu'Aronce sous une forme incomplète. Sans revenir ici au débat entre *romance* et *novel* et à l'importance que ce dernier attache au concept de nature (v. Repères, La prose fictionnelle en Grande-Bretagne au milieu du XVIIIe siècle), il paraît important de rappeler que cette harmonie entre art et nature sur laquelle repose le domaine du marquis est remise en question dans le roman de diverses manières que l'on vient d'évoquer, signe peut-être que cette conception de la prose romanesque, qui déguise (dissimule ?) son caractère artificiel, n'allait pas sans problème aux yeux de Lennox ; après tout, la romancière donne à son héroïne un prénom commençant lui aussi comme "art", comme une revendication d'une nature artificielle qu'elle conservera même après sa guérison. Si la première description des cheveux d'Arabella, dont tout le monde prend les boucles pour naturelles, évoque le *novel* richardsonien, Lennox, en choisissant de prendre pour modèle Fielding plutôt que Richardson, opte pour une écriture qui ne dissimule pas son caractère fictionnel, on l'a vu, mais également artificiel.

The Female Quixote ne cesse d'explorer un lien entre nature et art qui ne va certainement pas de soi : les difficultés que pose le personnage d'Arabella sont aussi celles de la prose fictionnelle de son temps, compliquées encore, dans le cas de Lennox, par le fait qu'elle soit une femme. La "nature féminine" décrite par l'idéologie de son temps a en effet une conséquence directe sur la façon dont les productions féminines, notamment artistiques, sont appréhendées : ainsi *l'expression féminine*, qu'elle soit orale ou écrite, est vue comme naturelle et spontanée. Comme l'écrit FORDYCE, dans un passage où l'on retrouve l'adjectif "unstudied",

> I just mentioned Unstudied Correctness as appropriated to the conversation of cultivated women. I mean that easy elegance of speech, which results from clear and lively ideas, expressed with the simplicity of nature, somewhat aided by the knowledge of books. To this the best scholars among the men must seldom or never lay claim. [1766]

FORDYCE ne distingue pas entre la conversation, évoquée dans la citation ci-dessus, et l'écriture. Voici comment il décrit Isabella, une jeune fille qu'il érige en modèle pour ses jeunes lectrices : "Her pen flowed, in a stream of sentiment alike tender and exalted; it was the interpreter of her heart" [1766]. Fordyce trace un lien direct entre l'écriture d'Isabella et son cœur, gommant la médiation du stylo, qui devient lui-même métaphoriquement "a stream of sentiment" ; ce ne sont pas ses pensées qui coulent, c'est le stylo lui-même ("her pen flowed"), interprétant directement son cœur sans passer par l'intermédiaire de la pensée. Ce qui devrait être par excellence médiation de la conscience (le langage, et précisément le langage écrit, et encore plus précisément la lettre) est construit, dans le cas de la femme idéale, comme une absence de médiation, donc une inconscience. Les propos que tint Samuel Johnson sur le premier roman de Burney découlent de la même conception de l'écriture féminine : "*Evelina* seems a work that should result from long Experience and deep and intimate knowledge of the World; yet it has been written without either. Miss Burney is a real Wonder. What she is, she is intuitively" [in k, 2001], c'est-à-dire que Burney écrit comme Arabella se comporte, inconsciemment, sans intervention de la raison. Il s'agit là d'une vision extrêmement commune et durable de l'écriture féminine, que Henry James par exemple applique à Jane Austen en 1905, en la décrivant comme inconsciente de son art : "The key to Jane Austen's fortune with posterity has been in part the extraordinary grace of her facility, in fact of her unconsciousness" [in SOUTHAM, 1987]. L'absence de marqueurs de féminité dans le paratexte de *The Female Quixote* (v. Analyses thématiques, Masculin / féminin) peut alors être vue comme une manière pour Lennox de prendre ses distances face à une telle conception : l'inconscience d'Arabella est ainsi tout aussi problématique que celle dont sa créatrice, parce que femme, serait censée faire preuve dans son écriture.

BIBLIOGRAPHIE SÉLECTIVE

NB : Quand les éditions indiquées sont parues au XVIII*e siècle, les ouvrages sont disponibles sur ECCO (Eighteenth-Century Collections Online).*

SOURCES PRIMAIRES

Édition au programme

LENNOX, C., *The Female Quixote; Or, the Adventures of Arabella* (1752), edited by Amanda Gilroy and Wil Verhoeven, with an introduction by Amanda Gilroy, Londres, Penguin, 2006.

Autre édition de *The Female Quixote*

LENNOX, C., *The Female Quixote; Or, the Adventures of Arabella* (1752), edited by Margaret Dalziel, with an introduction by Margaret Anne Doody, Oxford, Oxford University Press, 2008.

Autres œuvres de Lennox

LENNOX, C., *Euphemia*, edited by Susan Kubica Howard, Peterborough, Broadview Press, 2008.

—, *Henrietta*, edited by Ruth Perry and Susan Carlile, Lexington, Kentucky, University Press of Kentucky, 2008.

—, *The Life of Harriot Stuart, Written by Herself*, edited by Susan Kubica Howard, Madison, Londres, Fairleigh Dickinson University Press, Associated University Presses, 1995.

—, *Shakespear Illustrated*, Londres, 1753.

Autres sources primaires

AUSTEN, J., *Northanger Abbey* (1817)*; Lady Susan; The Watsons; Sanditon*, edited by John Davie, with an introduction by Terry Castle, Oxford, Oxford University Press, 1998.

BLACKSTONE, W., *Commentaries on the Laws of England*, Londres, 1765.

BURNEY, F., *Journals and Letters*, edited by Peter Sabor and Lars E. Troide, Londres, Penguin, 2001.

FIELDING, H., *The History of the Adventures of Joseph Andrews And of his Friend Mr. Abraham Adams* (1742), edited by Douglas Brooks-Davies, revised with an introduction by Thomas Keymer, Oxford, Oxford University Press, 1999.

—, *The History of Tom Jones, A Foundling* (1749), edited with an introduction by John Bender and Simon Stern, Oxford, Oxford University Press, 2008.

—, Review of *The Female Quixote*, Londres, *Covent Garden Journal* 24, 1752.

FIELDING, S., *The Adventures of David Simple*, Londres, 1744.

FORDYCE, J., *Sermons to young Women* (deux volumes), Londres, 1766.

GREGORY, J., *A Father's Legacy to his Daughters*, Londres, 1774.

REEVE, C., *The Progress of Romance through Times, Countries, and Manners*, Londres, 1785.

RICHARDSON, S., *Pamela; Or, Virtue Rewarded*, Londres, 1740.

—, *Clarissa ; Or, The History of a young Lady* (1748), édited by Angus Ross, Londres, Penguin, 1985.

—, *The Correspondence of Samuel Richardson*, edited by Anna Laetitia Barbauld, Londres, 1804.

SCUDÉRY, M. de, *The Female Orators; Or, the Courage and Constancy of divers famous Queens and illustrious Women, Set fort in their eloquent Orations and noble Resolutions*, Londres, 1714.

SHELLEY, M., *Frankenstein; Or, The Modern Prometheus* (1818), edited with an introduction by Marilyn Butler, Oxford, Oxford University Press, 1994.

SMOLLETT, T., *The Adventures of Roderick Random* (1748), edited with an introduction by Paul-Gabriel Boucé, Oxford, Oxford University Press, 2008.

STERNE, L., *The Life and Opinions of Tristram Shandy* (1759-1767), edited by Ian Campbell Ross, Oxford, Oxford World's Classics, 2009.

SOURCES SECONDAIRES

Ouvrages de référence

CUDDON, J.A., *The Penguin Dictionary of Literary Terms and Literary Theory* (third edition), Londres, Penguin, 1991.

JOHNSON, S., *Dictionary of the English Language*, Londres, 1755 et 1773, disponible en ligne sur https://johnsonsdictionaryonline.com/views/search.php

Critique littéraire, historique et philosophique générale

BARTHES, R., "L'effet de réel", *Communications*, 11, 1968, p. 84-89.

FOUCAULT, M., *Les Mots et les choses, une archéologie des sciences humaines*, Paris, Gallimard, 1966.

GENETTE, G., *Mimologiques. Voyage en Cratylie*, Paris, Seuil, 1976.

IRIGARAY, L., *Ce Sexe qui n'en est pas un*, Paris, Éditions de minuit, 1997.

LAQUEUR, T., *Making Sex. Body and Gender from the Greeks to Freud*, Cambridge, Mass., Harvard University Press, 1992.

Sur le contexte culturel et littéraire en Grande-Bretagne et en Europe au XVIIIe siècle

BEASLEY, J., "Romance and the 'New' Novels of Richardson, Fielding, and Smollett", *Studies in English Literature, 1500-1900*, 16: 3, été 1976, p. 437-450.

BONY, A., *Leonora, Lydia et les autres : Étude sur le (nouveau) roman anglais du XVIIIe siècle*, Lyon, Presses Universitaires de Lyon, 2004.

DOODY, M.A., *The True Story of the Novel*, New Brunswick, N. J., Rutgers University Press, 1996.

MCKEON, M., *The Origins of the English Novel 1600-1740*, Baltimore, The Johns Hopkins University Press, 1987.

GIROUARD, M., *The Return to Camelot: Chivalry and the English Gentleman*, New Haven et Londres, Yale University Press, 1981.

MONTANDON, A., *Le Roman au XVIIIe siècle en Europe*, Paris, Presses Universitaires de France, 1999.

SISKIN, C., *The Word of Writing: Literature and Social Change in Britain 1700-1830*, Baltimore, The Johns Hopkins University Press, 1999.

WATT, I., *The Rise of the Novel. Studies in Defoe, Richardson and Fielding*, Londres, Chatto and Windus, 1957.

Sur la littérature féminine et les études de genre

BROWNSTEIN, R. *Becoming a Heroine. Reading about Women in Novels,* Harmondsworth, Penguin, 1984.

GALLAGHER, C., *Nobody's Story: The Vanishing Acts of Women Writers in the Marketplace, 1670-1820*, Berkeley, Los Angeles, University of California Press, 1994.

NACHUMI, N., *Acting like a Lady*: *British Women Novelists and the Eighteenth-Century Theatre*, New York, AMS Press, 2008.

POOVEY, M., *The Proper Lady and the Woman Writer, Ideology as Style in the Works of Mary Wollstonecraft, Mary Shelley, and Jane Austen*, Chicago et Londres, The University of Chicago Press, 1984.

SPENCER, J., *The Rise of the Woman Novelist: From Aphra Behn to Jane Austen*, Oxford, Blackwell, 1986.

Sur *Don Quichotte* et son influence

CORRÉARD, N., “Croyance et incrédulité dans *Don Quichotte* : une perception (pré-)moderne de la fiction”, *Naissance du roman moderne : Rabelais, Cervantès, Sterne. Récit, morale, philosophie*, dir. Christian Michel, Mont Saint-Aignan, Presses Universitaires de Rouen et du Havre, 2007, p. 177-205.

DALE, A., “The Quixotic Eighteenth Century”, *Literature Compass*, mai 2022.

—, “Gendering the Quixote in Eighteenth-Century England”, *Studies in Eighteenth-Century Culture,* 46: 1, 2017, p. 5-19.

PARDO, P. J., “Spanish Speculations on the Rise of the English Novel: The Romantic, the Picaresque and the Quixotic”, *Comparative Critical Studies*, 12: 1, février 2015, p. 49-69.

Staves, S., “Don Quixote in Eighteenth-Century England”, *Comparative Literature*, 24: 3, 1972, p. 193-215.

Biographies de Charlotte Lennox

CARLILE, S., *Charlotte Lennox: An Independent Mind*, Toronto, University of Toronto Press, 2018.

ROSSITER SMALL, M., *Charlotte Lennox, An Eighteenth-Century Lady of Letters*, New Haven, Yale University Press, 1935.

Sur la composition de *The Female Quixote*

BRACK, O. M., CARLILE, S., “Samuel Johnson’s contributions to Charlotte Lennox’s *The Female Quixote*”, *The Yale University Library Gazette*, 77 : ¾, avril 2003, p. 166-173.

ISLES, D., “Appendix: Johnson, Richardson, and *The Female Quixote*”, in Charlotte Lennox, *The Female Quixote; Or, the Adventures of Arabella* (1752), edited by Margaret Dalziel, with an introduction by Margaret Anne Doody, Oxford, Oxford University Press, 2008, p. 418-427.

Sur *The Female Quixote* (tout ou partie)

ALLISTON, A., "Female Quixotism and the Novel: Character and Plausibility, Honesty and Fidelity", *The Eighteenth Century*, 52: 3-4, 2011, p. 249-69.

BARTOLOMEO, J. F., "Female Quixotism V. Feminine Tragedy: Lennox's Comic Revision of *Clarissa*", *New Essays on Samuel Richardson*, edited by Albert J. Rivero, New York, St. Martin's Press, 1996, p. 163-75.

BLACK, S., "Quixotic Realism and the Romance of the Novel", *NOVEL: A Forum on Fiction*, 42: 2, août 2009, p. 239-44.

CAMUS, M., "Don Quichotte au féminin : Charlotte Lennox, *The Female Quixote*", *Filiations* 2, 2011.

CRAFT, C. A., "Reworking Male Models: Aphra Behn's *Fair Vow-Breaker*, Eliza Haywood's *Fantomina*, and Charlotte Lennox's *Female Quixote*", *The Modern Language Review* 86: 4, octobre 1991, p. 821-838.

DOODY, M.A., "Introduction", dans Charlotte Lennox, *The Female Quixote*, ed. Margaret Dalziel, Oxford, Oxford University Press, 2008, p. xi-xxxii.

GARDINER, E., "Writing Men Reading Charlotte Lennox's *the Female Quixote*", *Studies in the Novel*, 28: 1, avril 1996, p. 1-11.

GORDON, S. P., "The Space of Romance in Lennox's *Female Quixote*", *Studies in English Literature, 1500-1900*, 38: 3, été 1998, p. 499-516.

HANLON, A. R., "Maids, Mistresses, and 'Monstrous Doubles': Gender-Class Kyriarchy in *The Female Quixote* and Female Quixotism", *The Eighteenth Century*, 55: 1, 2014, p. 77-96.

HODGES, A., "Quixotic Romanticism: English Social Literacy in *The Female Quixote*", *ABO: Interactive Journal for Women in the Arts, 1640-1830*, 3: 1, avril 2013.

KANE, J., "Rewriting the Quixotic Novel in Charlotte Lennox's *The Female Quixote*", *Style*, 57: 1, février 2023, p. 56-69.

LABBIE, E. F., "History as 'Retro': Veiling Inheritance in Lennox's *The Female Quixote*", *Bucknell Review* 40 : 1, 1998, p. 79-97.

LANGBAUER, L., “Romance Revised: Charlotte Lennox’s *The Female Quixote*”, dans *Women and Romance. The Consolations of Gender in the English Novel*, Ithaca, Cornell University Press, 1990, p. 62-92.

LYNCH, J., “Romance and Realism in Charlotte Lennox’s *The Female Quixote*”, *ELWIU* 14: 1, printemps 1987, p. 51-63.

MACK, R., “Quixotic Ethnography: Charlotte Lennox and the Dilemma of Cultural Observation”, *NOVEL: A Forum on Fiction*, 38, 2-3, 2005, p. 193-213.

MALINA, D., “Rereading the Patriarchal Text: *The Female Quixote, Northanger Abbey,* and the Trace of the Absent Mother”, *Eighteenth-Century Fiction*, 8: 2, 1996, p. 271-92.

MARSHALL, D., “Writing Masters and ‘Masculine Exercises’ in *The Female Quixote*”, *Eighteenth-Century Fiction*, 5: 2, 1993, p. 105-36.

MARTIN, M.P., “‘High and Noble Adventures’: Reading the Novel in *The Female Quixote*”, *NOVEL: A Forum on Fiction* 31: 1, 1997, p. 45-62.

MEYER SPACKS, P., “The Subtle Sophistry of Desire: Dr. Johnson and *The Female Quixote*”, *Modern Philology*, 85: 4, mai 1988, p. 532-42.

MOTOOKA, W., “Coming to a Bad End: Sentimentalism, Hermeneutics, and *The Female Quixote*”, *Eighteenth-Century Fiction*, 8: 2, 1996, p. 251-70.

PAWL, A. J., “Feminine Transformations of the Quixote in Eighteenth-Century England: Lennox’s *Female Quixote* and Her Sisters”, *The Cervantean Heritage: Reception and Influence of Cervantes in Britain*, ed. by J. A. G. Ardila, Londres, Legenda, 2009, p. 166-75.

ROSS, D., “Mirror, Mirror: The Didactic Dilemma of *The Female Quixote*”, *Studies in English Literature, 1500-1900*, 27: 3, 1987, p. 455-473.

SCHMIDT, T., “‘My Authority’: Hyper-Mimesis and the Discourse of Hysteria in *The Female Quixote*”, *Rocky Mountain Review of Language and Literature*, 51: 1, 1997, p. 21-35.

SMITH PALO, S., “The Good Effects of a Whimsical Study: Romance and Women’s Learning in Charlotte Lennox’s *The Female Quixote*”, *Eighteenth Century Fiction*, 18: 2, 2005-2006, p. 203-28.

TAVOR BANNET, E., “Quixotes, Imitations, and Transatlantic Genres”, *Eighteenth-Century Studies*, 40: 4, 2007, p. 553-69.

THOMPSON, H., "Charlotte Lennox and the Agency of Romance", *The Eighteenth Century* 43: 2, juillet 2002, p. 91-114.

UDDÉN, A., "Narratives and Counter-Narratives–Quixotic Hermeneutics in Eighteenth-Century England: Charlotte Lennox, *The Female Quixote*", *Partial Answers: Journal of Literature and the History of Ideas* 6: 2, 2008, p. 443-57.

WARREN, L. E., "Of the Conversation of Women: *The Female Quixote* and the Dream of Perfection", *Studies in Eighteenth-Century Culture* 11: 1, 1982, p. 367-80.

WATSON, Z., "Desire and Genre in *The Female Quixote*", *Novel* 44: 1; mai 2011, p. 31-46.

WYETT, J. L., "Quixotic Legacy: *The Female Quixote* and the Professional Woman Writer", *Authorship* 4: 1, juin 2015.

ZIMMERMAN, E., "Personal Identity, Narrative, and History: *The Female Quixote* and *Redgauntlet*", *Eighteenth-Century Fiction* 12: 2-3, 2000, p. 369-390.

Sur une autre œuvre de Lennox

DOODY, M. A., "Shakespeare's Novels: Charlotte Lennox Illustrated", *Studies in the Novel*, 19 : 3, automne 1987, p. 296-310.

DORN, J., "Reading Women Reading History: The Philosophy of Periodical Form in Charlotte Lennox's *The Lady's Museum*", *Historical Reflections / Réflexions Historiques* 18: 3, 1992, p. 7-27.

Sur Jane Austen

SOUTHAM, B.C., ed., *Jane Austen: The Critical Heritage, Volume II: 1870-1940*, Londres, Routledge, 1987.

GLOSSAIRE

Ambiguïté : caractère de ce qui peut recevoir plusieurs interprétations. Souvent lié à la polysémie*.

Anaphore (*anaphora* en anglais) : figure de style qui consiste à commencer une phrase ou un syntagme par le même mot ou le même groupe de mots.

Antiphrase : figure de rhétorique, caractéristique en particulier de l'ironie*, par laquelle un mot ou une expression est employé dans le sens contraire du sens véritable.

Augustéen (*Augustan,* en anglais) : qualificatif souvent donné à la première partie du XVIIIe (jusqu'aux années 1770, environ), en écho à la période de l'empereur Auguste dans la Rome antique.

Bildungsroman (le terme allemand s'emploie en français et en anglais ; pluriel : *Bildungsromane*) : roman d'apprentissage, de formation ou d'éducation. Le genre se développe à la fin du XVIIIe siècle et surtout au XIXe siècle.

Burlesque (*burlesque* ou *bathos* en anglais) : chute du sublime dans le trivial.

Catachrèse (*catachresis* en anglais) : métaphore figée, comme "mourir de joie" ou "a Sigh, which [...] seemed to proceed from *the deepest Recesses of her Heart*" (p. 382).

Diégèse : enchaînement des différents événements fictifs qui composent le récit. Ne pas confondre avec la *narration*, qui désigne la façon dont ces événements sont racontés. L'adjectif correspondant est *diégétique*.

Ekphrasis : description d'une œuvre d'art réelle ou fictive ; le terme peut aussi s'employer pour un rêve, par exemple.

Empirique (lecteur ; *empirical reader* en anglais) : personne réelle qui lit un texte, par contraste avec le lecteur dit *implicite* (Wolfang Iser) ou *modèle* (Umberto Eco), sorte de lecteur idéal, et au lecteur *caractérisé* (*characterised reader*), qui est une représentation fictive du lecteur construite par le texte ("gentle reader" p. 405).

Éponyme (adj) : qui donne son nom à. Un personnage est éponyme, une œuvre ne l'est pas ; Arabella est l'héroïne éponyme du roman qui porte son nom dans le deuxième titre.

Farce : comique souvent physique et peu subtil, que l'on retrouve fréquemment (mais pas exclusivement) au théâtre.

Focalisation : point de vue adopté par la voix narrative pour présenter les informations. Elle peut être *externe*, lorsque la voix narrative ne rapporte que les apparences, les aspects extérieurs de ce qui se passe ; elle peut être *interne*, quand les informations sont filtrées par la perception d'un personnage (les chapitres IV et V du livre IX, avec l'intervention de "Cynecia", oscillent ainsi entre une focalisation externe et la vision d'Arabella, personnage focalisation) ; enfin elle peut être dite *zéro* (ou *omnisciente*), quand la voix narrative sait tout de l'histoire.

Hypallage (nom féminin) : figure de style qui consiste à attribuer à un terme une caractéristique appartenant à un autre.

Hyperbole : figure de style qui repose sur l'exagération. L'adjectif correspondant est *hyperbolique*.

Hypotexte : texte qui entre dans une relation *intertextuelle* avec un autre (*hypertexte*), auquel il sert de support et auquel il fournit des éléments comme la structure narrative, les motifs principaux, les types de personnages, etc. *Don Quichotte de la Manche* est l'hypotexte de *The Female Quixote*. Inversement, *The Female Quixote* est un hypertexte du roman de Cervantès.

Introjection (anglais : *interiorization*) : terme de psychanalyse qui décrit le processus inconscient par lequel une personne intègre à sa structure mentale une image extérieure, d'une autre personne ou d'un modèle.

Litote (anglais : *litotes*) : figure de style qui laisse entendre plus que ce qui est dit ("She did not hate him" p. 69 pour dire "she loved him", par exemple).

Male gaze (vision masculine) : concept développé par la critique de cinéma Laura Mulvey, selon lequel la culture visuelle dominante d'une société impose le point de vue d'un homme hétérosexuel, ce qui conduit le plus souvent à une objectification du corps féminin.

Métarécit (anglais : *metanarrative*) : récit dans le récit, ou récit au second degré, comme celui de sir George qui occupe la majeure partie du livre VI de *The Female Quixote*.

Métonymie (anglais : *metonymy*) : figure de style par laquelle un mot est remplacé par un autre qui entretient avec lui un lien logique, par exemple le contenant pour le contenu (boire un verre) ou la partie pour le tout (type de métonymie aussi appelé synecdoque).

Mimétisme : pour un être humain, reproduction consciente ou non du comportement, du langage, des idées d'une autre personne ou d'un groupe de personne. L'adjectif correspondant est *mimétique*.

Oxymore (anglais : *oxymoron*) : figure de style qui rapproche deux termes qui semblent se contredire.

Paratexte : texte qui accompagne le texte principal : dédicace, préface, notes par exemple peuvent constituer le paratexte d'un roman.

Parodie : œuvre qui transforme le style, le sujet, les traits caractéristiques d'une autre œuvre plus sérieuse à des fins humoristiques ou satiriques. *The Female Quixote* représente dans une large mesure une parodie des romans précieux.

Pastoral (adj.) : en lien avec les bergers et les pasteurs. En littérature, le terme désigne le plus souvent une œuvre dans laquelle la vie à la campagne est idéalisée : à son innocence, rappelant celle du jardin d'Éden, s'oppose la corruption de la vie citadine.

Performativité (adjectif : performatif) : terme de linguistique qui désigne le fait pour un signe de réaliser ce qu'il énonce.

Persona (latin) : image qu'une personne projette d'elle-même, souvent au moins en partie inventée ; rôle.

Polysémie : fait, pour un mot ou une expression, d'avoir plusieurs sens.

Polyptote (anglais : *polyptoton*) : répétition d'un mot sous des formes grammaticales différentes. Par exemple, un verbe et/ou un adjectif et/ou un substantif (*appear* / *appearance*), un verbe à l'infinitif ou conjugué, etc.

Satire : "a use of militant irony based on moral norms; aiming at reforming manners, it denounces moral shortcomings such as hypocrisy, pride and greed" (*Penguin Dictionary of Literary Terms*, 1991).

Signe (théorie saussurienne du signe) : dans son *Cours de linguistique générale,* le linguiste Ferdinand de Saussure définit le signe comme la combinaison entre un concept, le signifié (en anglais *signified*), et une image acoustique, le signifiant (en anglais *signifyer*), la relation entre les deux étant d'ordre arbitraire.

Toponyme : nom de lieu. Un nom de personne est un *anthroponyme.*

Topos (pluriel : *topoi*) : lieu commun ; thématique ou expression conventionnelle en littérature ou dans certains genres littéraires.

Éditions Atlande
F - 92200 Neuilly
www.Atlande.eu

Achevé d'imprimer sur les presses de la Sepec Numérique
à Peronnas (Ain) en mai 2024.
Numéro d'impression : N10017240501

Dépôt légal février 2024.

IMPRIM'VERT®

PEFC 10-31-3532